eye.

守望者

——

到灯塔去

LE MALHEUR DU BAS

INÊS BAYARD

隐痛

〔法〕伊内丝·巴亚尔 著

焦君怡 译

南京大学出版社

图书在版编目(CIP)数据

隐痛 /(法)伊内丝·巴亚尔著;焦君怡译. —南京:南京大学出版社,2020.3(2022.4重印)
ISBN 978-7-305-10763-4

Ⅰ.①隐… Ⅱ.①伊… ②焦… Ⅲ.①长篇小说—法国—现代 Ⅳ.①I565.45

中国版本图书馆CIP数据核字(2019)第240799号

Le malheur du bas
by Inès Bayard
© Editions Albin Michel-Paris 2018
Current Chinese translation rights arranged through Divas International,Paris
巴黎迪法国际版权代理(www.divas-books.com)
Simplified Chinese translation copyright © 2020 by NJUP
All rights reserved.

江苏省版权局著作权合同登记　图字:10-2018-548号

出版发行	南京大学出版社
社　　址	南京市汉口路22号　邮　编 210093
出 版 人	金鑫荣
书　　名	隐痛
著　　者	〔法〕伊内丝·巴亚尔
译　　者	焦君怡
责任编辑	甘欢欢
照　　排	南京紫藤制版印务中心
印　　刷	江苏凤凰通达印刷有限公司
开　　本	880×1230　1/32　印张 7.5　字数 131千
版　　次	2020年3月第1版　2022年4月第2次印刷
ISBN 978-7-305-10763-4	
定　　价	45.00元

网址:http://www.njupco.com
官方微博:http://weibo.com/njupco
官方微信号:njupress
销售咨询热线:025-83594756

* 版权所有,侵权必究
* 凡购买南大版图书,如有印装质量问题,请与所购图书销售部门联系调换

Cet ouvrage a bénéficié du soutien des Programmes d'aide à la publication de l'Institut français. 本书获得法国对外文教局版税资助计划的支持。

献给热内维埃尔·孔巴·柏代亚

人不能长久地生活在激情中。我们的世界承诺了一切，却什么都不曾给予。这种对抗从未缓和。

——乔治·佩雷克《物》

小托马斯没来得及吃完他的苹果泥。他的妈妈没有留给他任何机会。毒药在血液中扩散的速度刚好使他在死去的时刻不必遭受太多折磨。只有玛丽的身体依然笔直,深深地陷在椅背里,头向后仰着。她一定费过一番力气,刻意表现出这一点。洛朗是第一个吃东西的人。三个僵硬的铅灰色身体围绕在餐桌边,当人们发现这一切的时候,没有人能够想象得到,在惨剧发生之前的几秒钟,房间里还温情脉脉,充满着欢声笑语。

玛丽没有表现出丝毫的愧疚,除了最后的坐姿以外,肢体上没有留下任何暴力的痕迹。每件物品都在它们原来的位置上,餐厅里还弥漫着晚餐辛辣刺鼻的味道,餐巾没怎么用过,一个玻璃水瓶安放在餐桌正中。孩子就坐在他的餐椅里,一张脸倒在了餐盘上,里面盛放着他无法吃完的剩饭。胖乎乎的小手指悬在空中。玛丽松开了握拳的双手。一生之中,她只遭遇过一出悲剧,这一出悲剧就足够强大,使她付诸行动。她的面容终于平静下来。她的表情变得轻松,身体完全从所有无益的痛苦中解脱出来。她终于成为一名主导者。成为那些能掌控自己命运的女人之一。她的丈夫受了很多苦。他感觉到肺部充血,呼吸减缓,喉咙因肌肉抽搐而阻塞,浑身冒汗。他从椅子上摔下来,在漫长的几分钟内,艰难地爬行着,吐出大量鲜血,以及一些呕吐物,就吐在厨房的白色地砖上。他还没有死。作为唯一的幸存者,几小时之后,他得到了急救,命悬一线。混乱如炼狱一般。在最初的几秒钟内,他的妻子还没碰自己的晚餐,眼睁睁地看着他摔倒在地,然后喂他们的儿子吃下头几勺有毒的食物。她不希望流血。血,她流得太多了。下毒是她想到的最明智的方法。洛朗的电话放在门口的玄关上,还在继续振动。或许,在吞下第一口之前,他就已经知道了真相。

警察封锁了夏罗纳街区。仅仅是出于谨慎。调查人员很快就明白了她所做的一切。人们把两具尸体从各自的椅子上移开。法医不得不通过注射,使他们僵硬的四肢得以放松,以便将他们放入裹尸袋中。在楼梯平台上,邻居们注视着这一切,目光惊愕。

玛丽早已预谋过杀死自己的儿子,已经好多次了,以不同的方式。她决心已定。日复一日,孩子看似无辜的目光驱使她成为一个杀人犯。只不过,之前,时机未到。她没能进行到底,很大一部分原因是实际操作的问题。她最终杀死了她的儿子,这是获得正义唯一的方式。

在所有的证据浮出水面,做出初步的裁决之前,我们先来仔细观察一下这个女人的侧影,她在亲人们身边死去。餐桌边,只有她一个人直挺挺的。

就像每周一的早晨那样，玛丽又得迟到五分钟才能到办公室了。六年了，她知道这一点是不会改变的。这只不过成了她的又一个日常惯例。洛朗正在厨房里，两只手晃动着一杯温热的咖啡。玛丽看着他，目光和十年前一样温柔。那个时候，事情并没有多少不同。他们是在一个大学生派对上结识的，组织者是他俩共同的朋友。玛丽是一个腼腆、矜持的女孩，并没有立刻接受洛朗的追求。他靠着坚持不懈才赢得了第一次约会的机会。三年后，在亲朋好友的簇拥下，他们在国王森林举行了婚礼。

　　从一开始，这份幸福就很简单，玛丽的爱足够强大，使她不再仅仅考虑自己。她关心她的丈夫，支持他的各项计划，在他犹豫不决的时候给他信心。每天早上，为了让他上班不迟到，玛丽都会帮他找好文件。洛朗也真切地、深深地爱着玛丽，只不过，他不像他的妻子那样细心。当然，这对夫妻并不是从一开始就能相互理解的，他们之间需要争论，需要探讨，需要不断辩论。四年前，洛朗进入了一家专门针对财产继承和离婚案件的大型律师事务所，他每天九点上班，经常要加班。玛丽理解他的志向，从不加以评论。她没有洛朗赚钱多，但是她喜欢自己在银行的工作。每天早上，她来到银行设在共和国广场的支行上班。能够帮助别人，毫不吝惜地给予别人建议，向他们提供解决方案，这使她感到自己很有价值，为此，她心存感激。对于金钱，她没有过分的欲望，能够和丈夫在一起，过着舒适的生活，这让她觉得自己很幸福。

　　婚后不久，洛朗和玛丽决定搬进一套宽敞的公寓，位于巴黎第十一区的伏尔泰大街。这里浓郁的生活气息立刻吸引了他们。从民族广场到共和国广场，沿路是数不清的商铺和小店，午餐时分，家里常常满溢着从小区烤肉店传来的烤鸡的味道，每个十字路口都会响起公交车的喇叭声，就在那里，每周日的集市在喧嚣、热闹中进行着。他们一直深爱着巴黎，年复一年，维系着和朋友们之间的友谊，过着丰富、有趣的社交生活。洛朗的社交圈比玛丽的圈子更加靠近上流社会。他曾经负责过一桩被媒体广泛关注的离婚案，主角是一位前足球明星和一位当红演员，在那之后，他就在报界树立了牢固的声誉。很多个晚上，他和玛丽被邀请去参加私人聚会，那种由巴黎知识分子和巴黎商界合办的聚会。玛丽从来没有感觉不自在。陪在丈夫身边,悄悄用自己的魅力打动周围的人,这使她深感骄傲。她默默沉浸在日复一日的甜蜜中,让一切都在自己的掌控之下,从不轻易向别人表露这一切。家里的日常起居,由她来负责。玛丽的父母曾给予她无条件的爱,他们保护着她,使她在孩童时代和青少年时代不曾遭遇痛苦和折磨。当然,她有时也不得不面对某些错综复杂的情境,然而,在以往的人生中,从未有过一分一秒,她感觉自己对生活失去了控制。

玛丽最喜欢秋天。这是充满诗意的季节。伏尔泰大街的人行道上落满了金色的梧桐叶,天空蔚蓝,空气清新,但不潮湿。阳光照亮了厨房的一角。玛丽透过窗户静静地看向窗外。"好美啊!五颜六色的,你看见了吗?"洛朗没有回答。他正绝望地寻找着昨晚带回来的文件。玛丽发现那份文件就放在厨房的吧台上,正对着他,笑了起来。她走过去拿给他,嘴角还带着微笑。洛朗看着她,也觉得好笑,他亲吻了她,然后迅速出门上班。按部就班的生活让玛丽觉得安心。她不用思考就知道下一步该做什么。很多人会感觉自己因此受到了束缚,她却从不感到困扰。玛丽喝完了咖啡。8点45分,她离开了家。

一走出去,她立刻感受到早晨的生机勃勃,整个法兰西都在工作的生机勃勃,振奋扑面而来。玛丽知道自己从来不需要为了生存而奋斗、挣扎。她出生于一个持有传统价值观的中产家庭,总是被父母呵护疼爱,每一个决定都得到他们的鼓励和指引,她甚至从来不能真正理解别人精神上的失控,但她并不缺乏同情心。她常常会将自己置于别人的立场上,比如,客户的立场上,去理解他们生活中那些关键的转折点,他们所承受的风险,他们可能遭遇的得失。走出共和国地铁站,再走几分钟,她就能在9点零5分到达银行。她的同事们总是对她很热情。他们笑着同她打招呼,提议她在接待客户之前先喝上一杯咖啡,向她询问最稳妥的建议。作为个人理财顾问,她拥有优越的地位,属于银行的上层职员。客户们也都很喜欢她。她的储物柜里塞满了各种礼物:几盒巧克力、几瓶红酒、手工制作的罐头、围巾……晚上下班回到家,玛丽喜欢和她的丈夫聊一聊白天发生的有趣的小插曲,还有时不时会面对的口舌之争。她的整个工作以钱为中心。她的客户都是收入颇丰的人,他们期待自己的投资获得可观的回报。每周一早上,玛丽都要翻阅优质客户的账目,以此了解某些交易的细节。在她的大办公桌上放置着几个相框,里面是她和洛朗度假的照片,还有爸爸、妈妈、妹妹、外甥、已故祖母的照片。她突然意识到自己看望他们的次数有点少。从她出生起,她的父母就住在国王森林附近的大房子里,距离巴黎仅仅几公里远。她的妹妹、妹夫和他们的儿子住在第九区,圣乔治区的中心地段。姐妹俩离得很近,今天将共进午餐。

她的电话开始响个不停。科拉尔先生不明白他发起的转账为什么还没有到账。西里斯女士想知道她是否可以用自己的人寿保险购买一辆新车送给她的儿子作为生日礼物。弗鲁萨女士询问她的丈夫是否仍然同意支付他在离婚时承诺给予的那笔钱。每个客户都有自己的难题,玛丽清楚地知道该如何解决。几个小时过去了。客户一个接一个。远处,反对同性婚姻法案的游行的声音,在整个巴黎回荡着。透过办公室的窗户,玛丽看见数十万人在马路上游行,在共和国广场周围挥舞着无数粉色和蓝色的"守护家庭旗帜"。她的父母说过打算参加这次游行,但是最终没能及时赶到现场。洛朗对此也是反对的。就像很多法国儿童一样,洛朗和玛丽受过洗礼,上过教理课,有时也会在周日上午或者某些节日和他们的父母一起去做弥撒。对玛丽而言,这项法案关系到宗教和原则。"他们有理由示威!婚姻,就是男人和女人,一直以来都是如此。甚至有些同性恋者也反对这项法令。"玛丽微笑着看着她的客户。她觉得自己的看法有些狭隘,宁愿集中注意力继续思考她的房屋保险合同。

中午 12 点。玛丽离开银行,去布列塔尼大街的一家餐厅和妹妹罗珊娜见面。所有靠近共和国广场的街道仍然被警方封锁着。前一天晚上看到这条新闻的时候,洛朗对玛丽说,他越来越受不了巴黎没完没了的游行。玛丽,她呢,觉得这一切很新鲜。她当然从来没有参加过任何一次示威游行,但是她很欣赏其他人代替她所做的这一切。

  罗珊娜坐在露天咖啡座上,她的小宝宝躺在婴儿车里。今天是她的休息日。玛丽很高兴见到她,亲吻了她的面颊,然后在她身边坐下来。宝宝小声哼哼着,罗珊娜立刻把奶瓶喂给他。玛丽温柔地看着这个小宝宝,爱抚着他,用充满爱意的昵称呼唤他。罗珊娜向她讲述了她和朱利安最近一次在罗马的旅行。旅行期间,他们把儿子送到了外公外婆家里,他们迫不及待想要照顾他。家里的每个人都在想洛朗和玛丽还在等什么,为什么他们还没有计划迎接他们的第一个孩子。她三十一岁,他呢,三十三岁。建立家庭,这是最合适的时机了。她只是还没有时间考虑这件事。他们各自的事业都需要时间来稳固,两个人的注意力都集中在工作上。"你得小心了,再往后,你的年龄就太大了!你难道希望他们将来喊你奶奶?"罗珊娜二十四岁就有了第一个孩子。她似乎很幸福,但是也很疲惫。疲惫,人们也谈论,但是不会太多。成为父亲或母亲的幸福足以使其他人认为自己必须投身于这场冒险。13点整。玛丽和罗珊娜走出了餐厅。她们紧紧拥抱,然后分开,说好要尽快打电话。

  白日将近。太阳开始落山。玛丽沿着圣殿街去"不二价"

超市购物。今晚,她打算为洛朗做一顿好吃的。应该还有时间做白汁小牛肉。秋天的微风迎面吹来,令人心旷神怡。商场的入口处人来人往,人们行色匆匆。没有人会在一个地方逗留。人们仿佛商量好的一样,组成了彼此相反的人潮。巴黎是流动的。她找到自行车,前一天晚上,因为下雨,她把车留在了银行附近。她把购物袋放进自行车前方的车筐里,前往伏尔泰大街。

洛朗还没到家。她有几小时的时间准备晚餐。她知道等他回来的时候,品尝着自己最喜欢的菜,一定会特别开心。玛丽一边在厨房里择菜,一边回想起吃午饭时妹妹对她说的话。她想到自己即将成为母亲。她还是个孩子的时候,就已经知道自己会成为母亲,那时候,她花了好多时间来照顾爸爸妈妈圣诞节送给她的赛璐珞娃娃。此刻,她感到自己已经做好了准备,可以和洛朗生儿育女了,或许正是这个原因促使她今晚想要为他们俩做这顿饭。她打算停止服用避孕药,做好准备开始家庭生活。20 点 30 分。时间似乎过得很快。小牛肉炖好了,餐桌也摆好了。玛丽很熟悉洛朗每天晚上回家时的动作。他把钥匙扔在入口的玄关上,挂好衣服,走几步路,然后意识到自己没有关门,再去把门关好,最后喊出她的名字"玛丽",确认她是否在家。

从他的笑容和急促的脚步声中,玛丽知道他有好消息要宣布:"我得到了朗卡德的案件!"她感到开心,拥抱他,向他祝贺。他们温柔相拥,相互亲吻,彼此凝视。他把她抱起来,轻轻放在吧台上,再次亲吻了她。杰拉尔·朗卡德是一位富有的企业家,专注于欧洲的塑料贸易。他的父亲是五十年前家族企业的创立者,原本想要在退休之后把公司一半以上的股份留给他。然而,在他继承公司股票的几年前,父亲却和一位俄罗斯当红歌手结了婚,不顾儿子的意愿,想把相当一部分股权留给她。洛朗仍然感到难以置信,处在震惊当中:"亲爱的,不知道你能不能想象,这个合同代表着几亿欧元的财产继承,他竟然选择了我,亲自选择了我!我简直不敢相信。"玛丽由衷地为他感到高兴。洛朗走近热气腾腾的炖锅。他的孩子气,他慢慢打开锅盖闭着眼睛闻着肉香的样子,触动了玛丽柔软的内心。然而,她立刻想到了她对孩子的渴望。签订了新合同,洛朗或许没有时间。她的胃部感受到一阵轻微的疼痛。

  洛朗用了一个小时的时间来解释这个案件的细节,似乎完全没有注意到她在忍受折磨。"你知道,亲爱的,我今天见到了妹妹。纪尧姆实在太可爱了。你看,他又长大了!"洛朗有所触动,但是并没有发表评论,而是继续吃饭。面对他的无动于衷,玛丽决定敞开心扉:"我想要个孩子。我觉得现在正是时候,我想我们现在可以建立一个家庭。我能感觉到,我已经准备好了。"一块牛肉从洛朗的嘴里掉下来。这个消息让他感到吃惊,他脸色苍白。他还没有考虑过这个问题。或者说,他还没有时间去考虑。一阵沉默。玛丽的呼吸停止了一刻钟,必须等到他的回答,她才能恢复正常。洛朗笑起来,从椅子上站起来,深深地亲吻着她。"亲爱的,我想要!我当然想和你生一个孩子!"玛丽的身体变得柔软,她感受到一阵安慰和喜悦。她似乎从未如此轻松,整个人都感到陶醉,从所有的压力中解脱出来。她想站在巴黎所有的屋顶上欢呼,想要给她的父母打电话,她的妹妹,她的同事,她的客户,向他们宣布一个重大的消息,哪怕她现在还没有怀孕。

那天晚上,在品尝过白汁牛肉之后,洛朗和玛丽相拥而眠,沉浸在这个计划带来的喜悦之中。

和洛朗生一个孩子，这个决定使玛丽陷入了一种持久的愉悦当中。当她骑行在圣殿街的时候，她突然意识到自己能成为这样一个女人是多么幸运。有一份喜欢的工作，和深爱的男人一起生活，她什么都不缺，很快，她会迎来她的第一个孩子。她想象着她和洛朗带着他们的宝宝同全家人一起在国王森林吃饭的情景。她会在自己的办公桌上摆放新的照片，然后，得意扬扬地给她的客户们看。她将长时间流连于卢森堡公园，骄傲地推着婴儿车走向公园的中央水池。她会成为一个慈爱、细心的妈妈，就像她自己的妈妈那样。突然，她发现自己遇见的孩子似乎比往常更多。在她周围，来来往往的婴儿车和小小的身影淹没了大街小巷。妈妈们匆匆忙忙，目光警觉，勇敢地开始了马拉松的第一段行程：送孩子们上学。她们拥抱过自己的孩子，然后走开，在远处确定他们走进了学校。

玛丽准时来到了银行。她知道这个周五会比往常更艰巨一些,因为要召开季度销售会议。她并不是一个优秀的销售人员。委员会当中,她的女领导更喜欢表扬她的理解能力和分析能力,而不是她的商业意识。下午,她将初次见到刚刚上任的负责巴黎第十区业务的区域总经理。他坚持要专程参加这次会议,以此为他的团队鼓舞士气。支行的每个人都很焦虑,担心自己会因为糟糕的业绩而受到责备。

艾尔维是支行里个人理财顾问的二号人物,他尤其感到惶恐。他知道自己在第一季度没能胜任这个职位。玛丽有点同情他。他个子不高,五十岁上下,即将退休,她特别能够感觉到他在工作中的不知所措,这种不知所措来源于客户,还有企业的新制度所带来的工作节奏。他并不想继续工作,然而,他没有别的选择。他要为自己的房产偿还贷款,为他尚未成年、没有收入的孩子提供零花钱,供养多年以前他就不再奢望能够产生感情的妻子,他还要为自己的爱好——对鸟类学的爱好,存一点钱。艾尔维很喜欢野鸽,对斑鸠尤其着迷。他悄悄地在办公室的抽屉里保存着一本目录,将他能够找到的所有关于这个主题的文章整理在一起。他对此非常骄傲。每次与客户见面遭遇挫折之后,或者,仅仅为了消遣,他就把文件夹拿出来,享受他生活中少有的宁静时光,看一看那些泛黄的照片,照片上,鸟儿们迎风飞翔。艾尔维的经历令人动容,他经受过真正的

隐 痛

不幸。

　　玛丽坐在会议桌前,带着一沓文件,她希望它们能为她辩护。会议室里死一般的宁静。有一根灯管没有装好,发出吱吱啦啦的声响。支行经理起身关掉了灯。她表情严肃,步态自信,让玛丽印象很深。当办公室只剩下她们两个人的时候,玛丽总是低下头,尽量不和她对视。科莱特·西尔蒙是一个强势的女人,雄心勃勃、意志坚定,对人很苛刻,甚至让人透不过气。玛丽在自己身上没有找到任何类似的迹象,工作上没有,生活中也没有。当她独自面对客户的时候,玛丽总是很放松,很随意,有时候甚至会出人意料地很风趣。银行的工作给她提供了一种可能性,让她扮演另一个女人的可能性。在洛朗身边,她没办法严厉,永远保持着温柔、克制,一如十年前在他和朋友们面前表现的那样。同事们从房间的一端看向另一端,相互扫视,暗自揣测谁的情况最危急。大区经理到了。他推开门,大家眉头紧皱,双手无处安放,礼貌地不再出声。他个子很高,神情威严,女士们还注意到,他算得上风度翩翩。他的目光灵敏,是那种习惯于命令别人的人。很快,他走到了桌子的另一端。他没有坐下,而是保持站立的姿势。

　　玛丽在远处观察他。他开始讲话,与此同时,他的助手开始播放幻灯片。他宣布自己没有时间每个案例都考查,他更愿意用一周的时间通过单独汇报的形式,对每个人的销售业绩做出分析。在座的人松了一口气。大家脸上重新绽放出笑容。玛丽被指定发言，介绍她关于一种新型人寿保险的销售经验。她站起身来，低着头，走向经理。他盯着她，打量她。玛丽闻到了他的香水味。浓郁的古龙水，混合着皮质和檀香的味道。她从不喷香水，因为洛朗不喜欢。汇报结束后，玛丽在经理满意的目光下回到座位上。她的女上司对她表示赞许，认为她很好地论证了自己的销售方法。一小时之后，根据经理的命令，会议画上了句号。所有人都离开会议室回去继续工作。艾尔维放心了，但是他知道这不会长久，用不了几天，他依然要接受审判。走出会议室的时候，玛丽刚好与经理四目相对，他微笑着向她点点头。下午，她还要见三位客户。工作还在继续。

18点30分。玛丽填写完客户们的医疗信息，终于可以下班了。一走出去，她惊喜地发现自己仍旧保持着源源不断的热情。她安静、平和、温顺、细心，是巴黎唤醒了她，给她注入了鲜活的生命力。当她还是一个少女，在外省生活时，总是感觉到倦怠。当然，国王森林距离巴黎并不远，然而，每周末去首都看望朋友的这段路程还是让她感到沮丧。她那时就知道自己以后一定会在巴黎生活。十月，夜晚来得早了一些。梅斯雷路似乎比往常要昏暗，可能是有一盏路灯坏掉了。玛丽记不清自己把自行车停在哪里了。或许是那家土耳其小餐馆前，每周四她喜欢在那里吃午饭。路上几乎没什么人,除了几个急着回家的行人。高大的住宅楼亮起了温暖的灯光。当她行走在巴黎的街道上时,她喜欢从亮着灯的公寓窗户往里面看,这能让她窥探到别人的生活,能看出他们的装修品位,能够看到孩子们在玩耍,他们的父母在阳台上争执,或者烹饪。她突然意识到别人是不是也会像她这么做,是不是也会看着她在家里走来走去。在路灯微弱的灯光下,远远地,她认出了自己的自行车。倒在地上,车轮完全掉了下来,轮胎不见了,车叉也被损毁了。她惊呆了,快跑过去,徒劳地想将自行车靠着立柱扶起来,很快,她意识到这辆车不能再骑了。她感到慌张。这是她生平第一次碰到这种事,自己的东西被人蓄意破坏。她环顾四周,想要寻求帮助,一边从包里掏出手机给洛朗打电话。尽管她知道,他不会因为这么一点小事就赶过来,他一定会建议她坐地铁回家,但是,她需要听到他的声音,需要他的安慰。电话铃刚响了一声,洛朗就接听了。"你肯定想不到!有人要偷我的自行车。车子的前胎不见了,被扔掉了!"洛朗正在紧张的工作中,他马上要开会,研究对杰拉尔·朗卡德的辩护。他建议她把自行车留在原地,坐地铁回家。就在她和洛朗通话的时候,在同一侧的人行道上,她注意到一个熟悉的身影。大区经理认出了她。"您好!发生了什么?"玛丽挂掉了电话。她有点难为情,站在一辆已经散架的自行车旁边让她感觉自己分外愚蠢。她尽量掩饰自己的慌张，向他解释情况。经理笑笑，友好地将一只手搭在她的肩膀上试着安慰她。"我的车就停在几米之外。如果您愿意的话，我可以送您一程。您住在哪里？"玛丽看着他，有点尴尬，接着，她想到了高峰时段的地铁，接受了他的提议。

一路走过去，他们的脚步声很和谐，在混凝土马路上规律地响起来。他几乎没怎么说话，只是不时转过头朝她微笑。他是她的老板。这让她很感动。他从上衣兜里掏出车钥匙，打开了他的奔驰，车子正规规矩矩停放在车位处。车灯亮了。他似乎对自己的行为感到骄傲，但是仍然十分谨慎，保持着一种奇怪的谦和。玛丽在副驾驶的位置上坐下来。皮质的味道混合着下午开会时她在他身上闻到的浓烈的香水味。经理把外套扔到汽车后座上，在他的座位上坐下来。汽车发动了。发动机轻轻地轰鸣着。路程不远，这让玛丽轻松了一些。放在包里的电话响了，是洛朗发来的信息。他问她是否一切顺利，告诉她他要和客户一起吃晚饭，会晚点回家，让她不必等他。玛丽感到失望，她原本希望今晚他能陪着她，安慰她。经理打开了收音机。她从头几个音符辨认出这是埃里克·萨蒂的《玄秘曲第三号》，父亲的最爱。突然，这段晦暗不明的乐曲使整个巴黎黯淡下来。夜晚让她窒息。檀香的味道，还有挡风玻璃上闪烁的光芒，都让她感到眩晕。伏尔泰大街的入口终于出现了。他却一动不动。双手紧握着方向盘，目光凝视着前方，一言不发。

她不敢转过头看他。时间减缓了,停滞了,使空间变得窒息,感官变得麻木。她很想下车。一辆车停下来,并排着,和他们一起等红灯。一位女士朝她笑笑,很快就转移了注意力。汽车再次启动。再过几个信号灯就到家了,道路却完全堵塞了,再没有空间。玛丽想在辅路上下车,他则更愿意从理查德·勒努瓦大街绕行,那里更方便停车。"这个城市真是不适合再开车了。"

玛丽终于听见引擎声减弱了。收音机一下子安静了。此刻,他们正在进入一个私人停车场。黑暗,沉寂,只有一个男人的侧影清晰可见。没有一个人经过。"谢谢您送我回来,您真是太好了,太客气了。我很抱歉,但是我现在得马上回去了,我的丈夫在等我,他会着急的。"她一点也不清楚自己为什么要撒谎。她感到肚子一阵轻微的绞痛,就像电影看到最后一幕,即将了解真相前,所经历的长长的悬念。"您不想在这里陪我一会儿吗?"男人继续望向前方,双手无力地放在方向盘上。

玛丽开始感到恐慌。她诅咒今晚弄坏她自行车的那些人,正因为如此,自己才落到这样的地步。"我觉得您必须得再待一会儿。"他语气坚定地说。就在这时,玛丽听到一个清脆的声音,车门被锁上了,她被囚禁了。一个巨大、可怕的身影,正慢慢向她移动,动作分外亲昵。她感觉到大腿上有什么东西在滑动,冰凉、柔软。她一阵战栗,身体仍然被安全带固定在座椅上。于是,她开始挣扎,坚决地命令他停下来,放她出去。她想呼救，但奇怪的是，自己竟然不敢这么做。她脑中闪过一些具体细节，不想就此惊动整个小区，不想因为自己的大惊小怪而引起人们的注意，也不想在老板面前丢脸，让他觉得仅仅因为他调情的方式有些粗鲁，她就想到了性侵。而他，料到了她的每一个反应，迅速用一只手堵上了她的嘴。与此同时，另一只手伸进了她的衬衫，慢慢向下，靠近她的内裤，然后，把手指伸了进去。玛丽的身体开始颤抖，汗水从每一个毛孔涌出来，在厚厚的皮质座椅上，肌肉变得僵硬。她继续挣扎，想要推开压在她上面的身体。他的力气太大了，比她的力气大太多了。那一刻她知道自己无处可逃了。玛丽即将在这辆汽车上被强暴。就像电视里看到的那些女人，向人们讲述自己遭遇性侵的那些女人一样，她也将不得不忍受这一切。她把自己全部的力量集中起来去反抗。她的手腕被紧紧扼住，双腿一动也不能动，没办法发出半点声音，腹部几乎被压碎了。她听见了这个男人的呻吟声，从她的锁骨处发出的带着快感的低沉叫喊声。他解开皮带，同时用力按压座椅调节器，将玛丽身后的椅背向下放。她突然倒向后方。他也倒下去，扑在她的身体上。透过他的裤子玛丽感觉到了他的兴奋。她继续挣扎，呼喊。没有一个人听得到。她的双臂太柔弱了，他仅仅用一只手就足以应付，另一只手解开了她的腰带，还有衣服上的纽扣。去年情人节洛朗送给她的真丝内裤瞬间就被撕破了，与此同时，他抓伤了她。他最后的进攻使她抽搐起来,她使劲扭动着身体,紧绷着双腿想要躲避他。很快,她就筋疲力尽,用光了力气。四肢再也无法帮上忙。他进入了她的身体。有规律的抽动开始了,起初缓慢,很快变得疯狂。疼痛袭来。干燥的阴道被不断摩擦,直至血流不止。这种灼烧感使她想起了很多年前感染的生殖器疱疹病毒,那让她遭受过很多痛苦。他突然停了下来,一只有力的手拽住她的头发,迫使她转过头,正对着他的腹部。玛丽听见他咒骂了几句,但是无法分辨那些词的意义。现实世界发生了变形,一切不复存在。她很快会醒过来。大概身在银行的休息室。很可能她离开会议室时误解了老板看她的眼神。她刚刚睡着了。艾尔维会叫醒他。他的性器像武器一样有力,重重地戳在她的小腹深处。疼痛使她呕吐在后座上。他还在继续,呼吸越来越急促。"你过来!"他沉重的身体在玛丽面前直立起来。坚挺的性器正对着她的嘴边。"来!含着它。"她拼命摇头,请求他放过自己,试图摆脱他的控制。他用双手按住她的头部,用膝盖阻止她所有的动作,粗暴地把阴茎塞进她的嘴里,深入喉咙。尿液的味道一下子散发出来。玛丽快要窒息了。她用牙齿咬住他的阴茎。他立刻抽出来,扇她耳光。"婊子!看来你想这样!"他还在勃起。这一次他从后面进入了她的身体。玛丽从未有过肛交的经历。她感觉到某种液体流在了她的大腿上。疼痛越来越剧烈,令她难以忍受。换了一种方式,他终于达到了高潮，发出长长的喘息声，带着满足的快感。结束了。他的性器不再坚挺，沾满了精液、呕吐物、鲜血、排泄物，还有阴道分泌物。获得满足之后，他安静地回到自己的座位上，系好裤子上的纽扣。"你可以走了。"

玛丽艰难地爬起来，经受了肌肉的无力和皮肤的紧绷之后，她的身体灼烧、肿胀。车锁打开了。她下了车，裤子还没有提好，裤腰耷拉在大腿处。他使劲把她拉回座位上。"如果你告诉别人，你，你的丈夫，你的工作，你们就完蛋了。没有人会相信你，所以，闭上你的嘴巴，就像什么都没有发生过。"在惨淡的黄色路灯下，玛丽注意到男人手指上的结婚戒指正闪闪发光。汽车的引擎声再次响起。她踉跄着走上人行道。车门在她身后重重地被关上了，汽车走远了。

玛丽并不觉得一切会就此结束，她知道这仅仅是个开始。公寓的入口在街道地势较高的一侧，伏尔泰大街的街角处。刚过 21 点。洛朗一定正在吃饭。就在他一边去往餐厅，一边和同事、新客户谈笑风生的时候，他的妻子在一辆汽车的座椅上被自己的老板强奸了，她身体的每一个洞，被长驱直入。她感觉到她的手机掉在粗糙的脚垫上，就在她脚下震动、蜂鸣，她却因为无法触及，感到深深的绝望。她走进大厅，遇见门房正出门倒垃圾。"晚上好，康庞夫人！您好吗？"玛丽低下头，躲进楼道的阴影里，一边回答，一边上楼："有点累，但是还好！晚上好！"

她希望他没有注意到任何反常。她知道自己正在掩饰罪恶,以后她也什么都不会说,永远也不会有人知道这次性侵。

公寓笼罩在昏暗之中。客厅没挂窗帘,街上的灯光部分地稀释了房间里的黑暗。家里没有人。她想给丈夫打电话好让他放心,就向厨房走去。她感觉自己迈出的每一步都异常艰辛,通往各个房间的过道没完没了,甚至有些不合情理。早上她把一部电话放在了橱柜上,此刻她拿起那部电话,拨出了洛朗的手机号码。她其实并不希望他接听,这样她便不会失控,能够留下一条克制的信息,呼吸均匀、平缓。电话没有人接听。"喂,是我,玛丽。我终于到家了,九号线中断了一会儿……我太累了,洗完澡就去睡觉了。希望你一切顺利。爱你!"

她挂掉了电话,神色迷茫、空洞。她想这样的结果似乎更好,即使她想向他坦白,她也找不到合适的方式。那样的话,他永远会用不一样的眼光看待她,她不仅仅是他的妻子,更是一个受害者,一个被强奸的女人,第一个和她肛交的是另一个人。玛丽突然闻到了自己身上呕吐物的臭味。她已经没有力气去冲澡,但她必须这么做。如果她是一个人,她会吞下几片安眠药就去睡觉,但是现在,如果她不去洗澡,洛朗就会注意到妻子的身上还留有别人的香水味,床单会染上这种肮脏的味道,一切会再度崩塌。

她站在浴室中央,慢慢解开衬衫的纽扣,费力地脱下裤子,上面还粘连着被撕碎的内裤留下的布片。大腿上的血迹已经干了。上腹还能看到几条浅褐色的印记，带着恶臭。脱光衣服之后，她从洗手盆的镜子里看到了自己。她慢慢靠近，嘴角还能看出干燥的精液的痕迹。因为挨了几巴掌，她的一只眼睛有些浮肿，不过，明天，这些印记统统会消失不见。自己的这副模样让她沉浸在无边无际的忧伤之中。愤怒是以后的事。热水从她的双乳间流过，浸湿了她的腹部，从她的颈背流过，蔓延到身体的每一寸肌肤。她顺着墙壁弯下身体，蜷缩起来，淋浴的喷头在她的头顶上缓缓流着水。每个动作都成了一种考验，仿佛在以往的日常生活中，她只是从来没有意识到完成它们有多困难；她从喷头下面走出来，用浴巾把自己裹起来，然后，穿好睡衣。她知道自己今晚一定无法入睡，或许，以后的日子也无法入睡了。她需要一些安眠药，这时，她突然记起，在洛朗服用过期药物产生不良反应之后，她就整理了药箱，她清楚地记得自己扔掉了最后一批安眠药。走廊的时钟指示出22点。药店马上要关门了，况且，无论如何，她绝不会再走出家门。

卧室很乱。今天早上，洛朗又一次翻遍整个公寓寻找他的文件，连床单也没有放过。看到满室狼藉，玛丽再也无法克制自己，这一刻，愤怒燃烧起来。今天晚上，她被强暴了，被奸淫了，被凌辱了，然而，她甚至没有权利服用安眠药，没有丈夫在身边陪伴，没有一张整洁的床可以睡觉。她钻进冰凉的被窝，熄灭了床头灯,睁着眼睛等待睡眠将她带走。

听到洛朗回家的声音,大概是在午夜。她认得出他的脚步声,他的动作,他的节奏。他进门的时候脚步声很重,一定喝了不少酒。很好,这样他马上就能睡着。木地板上的每一个声响都让她心生焦虑。她很想在丈夫走进卧室之前,打开窗户,跳进外面的空茫夜色。他在她的身边躺下来,赤身裸体、肌肤灼热。"你睡了吗,亲爱的?"她立刻闭上眼睛,放松面部肌肉,微微减缓呼吸,发出轻微的鼾声。洛朗终于转过身去,躺在了床的另一边,和她保持着距离。这是个幸福的男人,健康、满足,对未来画了蓝图,充满了憧憬,几分钟之内,他就能沉沉睡去。他的妻子,知道自己在此后很多个日子,都不得不假装像往常一样生活和入睡。玛丽睁着眼睛,大街上轻型摩托驶过的声音打破了寂静。她目光一动不动,凝视着正前方。深夜里,她曾面对同一面墙,享受着疯狂发泄的快感,此刻,下体的疼痛在她看来,是命运对她曾经低估了生活的无情复仇。

夜里玛丽醒来好几次,洛朗完全没有注意到。她以为经过了昨晚,他早上会感到疲惫,然而显然正相反。她默不作声地看着他在厨房里走来走去。"我回来的时候肯定把它放在这儿了!"玛丽没有做出任何反应。"我得把我所有的文件都装上蜂鸣器,这样就能找到它们了!今天我得迟到好久了!"玛丽回忆着有没有哪一次她不用帮忙替他找东西。答案是否定的。她的丈夫注意到今天早上家里的氛围和往常有些不一样。"你还好吗,亲爱的?你看上去心不在焉?"她注意到洛朗的绿色文件夹放在水果盘上。但她没有说出来,而是任凭时间流逝,眼看他越来越着急。就在她即将开口的时候,他发现了文件:"哦,在这儿!我就说它肯定在厨房里!好啦,我要飞到办公室,让还在等我呢!别忘了今晚要去保罗和索菲娅家里吃饭!晚上八点!我爱你。"他把杯子丢进洗碗槽,亲吻了妻子,从厨房跑了出去。

  显然,玛丽已经忘记了这个约会。昨晚被侵犯的疼痛又回来了。她的下体很痛,发痒、肿胀,没有办法坐下来。所有的关节都失去了知觉,膝盖、手腕,没有任何力气。或许,她应该去看看医生。8 点 30 分,上班时间到了。

  她走下楼梯,在楼里的空地上找自行车。没找到车子,她吓了一跳,按响了门房的门铃。"您好!很抱歉,打扰了,您有没有看见我的自行车?"就在问完这个问题的那一刻,她想起来:她的自行车残骸就留在共和国广场上。在那之后,她被强暴了。她一边慢慢向后退,一边说:"抱歉,我刚想起来,我把它留在公司了。"门房朝她笑笑。他暗自想,她最近工作太辛苦了,一大早就显得很疲惫。

  没完没了的一整天。她很想睡觉,想一辈子都不醒来。面对她的顾客——一位上年纪的夫人,她的笑容僵硬了。然而,这是一笔可观的交易,涉及三十多万欧元的人寿保险。签了这个合同,玛丽就能够进入季度最佳销售的前三名。她的同事会羡慕她,大区经理会亲自祝贺她。昨晚,她被他强奸了。玛丽没法继续坐在椅子上。她感到腰痛,私处的疼痛一直牵连到腹部,她的内脏仿佛突然被挤压在一起,一会儿肿胀,一会儿收缩,她完全没有办法集中精神。"照片上的人是您丈夫吗?"这是四年前，洛朗为了庆祝结婚纪念日计划的一次威尼斯浪漫之旅。他们那时很幸福。在圣马可广场，玛丽拜托一位游客帮他们拍照。就在最后一秒，洛朗手里的冰激凌掉在了衬衫上，他的妻子，还有照片背景中所有看见这一幕的人，都哈哈大笑。玛丽想起了今晚的聚餐。她不知道自己如何才能摆脱目前的状况，从始至终假装什么都没有发生过，从而不引起别人一丝一毫的怀疑。

今天，她和艾尔维一起吃的午饭。艾尔维告诉她，他对妻子和女儿已经完全绝望了。昨晚，她们竟然打开了鸟笼，里面原本关着一只斑鸠，那是他六年前在奥恩森林捉到的。他工作了一天回到家，发现鸟笼是空的，只剩下几根羽毛。他的妻子和女儿当着他的面嘲笑他的绝望。玛丽觉得这个故事太忧伤了，她默默地想，人们怎么可以不通过肉体折磨就将别人伤害到这种程度。绝望的艾尔维就应该用暴力解决这一切，将这两个残忍的女人了结掉。一枪射过去，脑浆迸裂。

洛朗比往常提早到家以便有时间做准备。玛丽绝望地在衣橱里翻来翻去，完全不知道该穿哪条裙子赴宴。深色的套裙会凸显她的心情，鲜艳的长裙在她看来就像在佯装幸福。裤子则完全不可能，她的私处根本无法忍受厚厚的布料。她穿不了内裤，只穿了一条连裤丝袜……当她第十次脱下裙子的时候，洛朗注意到了这一点。他走到她的身后,抚摸着她的胸部,亲吻着她的锁骨。"你穿着连裤袜的样子太诱人了……我们是不是应该开始干活了……时间不多了……"她已经忘记了孩子的事。仅仅在两天以前,这个计划让她感到满足而充实,现在,在她看来却显得那么滑稽、愚蠢,甚至恶心。

洛朗已经进入状态了,她感觉到他的阴茎顶着她的臀部,正在变得坚挺。她无计可施,任凭他靠近自己。她从来没有拒绝过他,没来由地这么做会让他觉得反常。疲惫不能作为理由,以此逃避夫妻间的责任,尤其是现在,他们正计划着要一个孩子。洛朗脱下她的连裤袜,拥抱着她,使她转过身,在床上躺下来。他的手滑向她的身体,环绕在她的私处。她的丈夫开始亲吻她,把舌头伸进她的嘴里,抓住她的头发,用拇指和食指轻轻刺激她的乳房。玛丽害怕即将到来的疼痛。她做好准备,呼气、吸气,等待着他进入自己身体的那一刻将引起的疼痛。他进来了。她的身体内部碎裂了,仿佛有人将一把巨大、灼烧的锉刀深入了她的阴道。她嘴唇颤抖着,发出疼痛的呻吟声。洛朗更用力了。每一次进攻,即使是最微小的动作,都是一次酷刑。突然之间,她感觉自己被抽干了血,所有的器官都在向下游走,肚子上开了一个裂口。他把一根手指伸进她的肛门,她叫出声来。他放弃了。玛丽感觉自己又一次被强奸了,这一次是被她的丈夫。他完全没有注意到她的异常,折磨着她的身体，试图加入一些轻微的暴力，想要获得与之前有所不同的快感。这两种情况没有什么不同。她的丈夫感受不到她的痛苦，他的性虐待与那个强奸犯比起来也没有什么不同。"我来了……马上，我来了……"他高潮了。中午吃过的东西涌到嘴边，她很想吐，却忍住了。她朝他笑笑，抱紧了他，然后，又松开了。他看着她无声地站起来，完全没有意识到，妻子忍受的第二次折磨，对她来说，是一次终结，她将不再对一切妥协。

晚饭是个糟糕的主意。一路上,玛丽都在想,等她不得不坐在餐桌旁的时候,她该用什么样的方式和朋友们寒暄,该如何逃避某些问题,躲避某种目光。保罗和他的妻子索菲娅住在蒙日街区。洛朗和玛丽在安家的时候犹豫了好久,道本顿街有人在出售一套特别合适的房子,然而,他们那时还没有足够的钱买下来,这让玛丽和索菲娅感到特别遗憾,她们两个从小就是好朋友,习惯了一起去穆费塔街逛每周日的集市。

"到了,你怎么不下车?"在晚饭之前接受和洛朗做爱同样很糟糕。她的身体恳求她停下来,但是太晚了。现在只能等着,让疼痛慢慢缓和。玛丽艰难地离开座椅,她的丈夫砰的一声关上了车门,完全没有注意到她行动不便。"我很喜欢夏罗纳区,但是不得不承认,这个区太安静了!不过对孩子来说,这里更合适。"他一直没有放弃之前的想法。

保罗和索菲娅有一个三岁的儿子,他们住在一套很大的跃层公寓里。他是妇科医生,她是牙医。玛丽一直觉得有几个医生朋友很方便,但是,那一晚,她害怕保罗的经验。被强暴之后,她想到了自己可能会把某些性疾病传染给洛朗,她还想到了女性被强暴后的心理疾病,但是,玛丽希望自己能够忘记,能够抹去那一刻的所有痛苦。她很想用工作来逃避,用家庭生活来逃避。或许,想和丈夫生一个孩子的想法会在几天之后重新出现,并且更加强烈。

索菲娅穿着一条宽大的橘色长裙,出现在楼道里。她兴高采烈,热情地拥抱了玛丽。一种东方香料的味道弥漫在这对夫妇宽敞的客厅里。"我做了古斯古斯!用了我祖母扎拉的配方!"索菲娅在摩洛哥出生,很为自己的家乡骄傲,她特意教儿子学习一些阿拉伯词汇,使他熟悉自己的第二文化。而她的丈夫保罗并不赞同,认为这样会对孩子的身份认知造成混乱。"看,她又来了!我们可不在北非的老城区,亲爱的!"他们相互调侃,开着玩笑,相知相惜。他们之间的那种默契让玛丽感到羡慕。如果是保罗,或许他立刻就能明白,而洛朗却不能。

餐桌上谈及的每个话题她都提不起兴趣。她的精神集中在别处,远离了一切,她听得见那些声音,却并没有真正听进去,更无法理解。她盯着一个点,然后回一下神儿,再盯着下一个点。直到她听到了那个词:"她的身体浮肿,满是淤青和血迹。我们猜想她被强暴了好几次。"玛丽的眼睛闪过一道光,身体像被电流击中,终于醒过来了。保罗在谈论他的一个病人,一个十七岁的年轻女孩,好多年来,一直被父亲殴打,很可能还被他强奸过,在一次激烈的争吵之后,她来到保罗的诊室就诊。"当我给她听诊的时候,一切都清楚了。我甚至都不需要用内窥镜。"大家都沉默了,这个话题使大家感到不舒服,甚至有点倒胃口。索菲娅离开餐桌去厨房端古斯古斯。保罗继续讲述这件事情的细节。洛朗似乎没有受到什么影响,仍漫不经心地咀嚼着一块面包,就像在打发时间。"你们怎么能确定是她父亲呢?——并不能,现在的人们总感觉别人是被强暴的,大家指出凶手,却并不清楚那是不是真凶。"玛丽什么也没有说,洛朗的评论就像打在她脸上的耳光。面对丈夫,她觉得自己很肮脏,很羞耻,突然有种罪恶感,或许那晚的事是她自己造成的。保罗很习惯于这样的讨论,试着反驳辩论。善与恶很难分辨,受害者并不总是人们认为的那些人,大众的舆论也会成为暴行,比如乌特尔案,多米尼克·斯特劳斯·卡恩案,波兰斯基案……

索菲娅回到了餐厅,把一个大号的彩陶盘放在餐桌上,里面的粗麦粉几乎要溢出来。"我们聊点别的吧,怎么样?医院诊室接触到的强奸故事,还是不要在吃饭时候谈论了。"玛丽想听他们继续聊。她想站起来,朝他们大喊,她也被自己的老板强奸了,她理解那个女孩。她想就在她的丈夫和朋友面前,用力大声喊出来,他把他的阴茎塞进她的嘴里、她的肛门、她的阴道,随意践踏她的身体,她的大腿上淌着鲜血,嘴角上流着精液,胸口沾满了呕吐物,肚子上还有粪便。也许她可以这么做,她的思想在做斗争。她感觉自己没那么勇敢,她害怕从此以后,一切都被摧毁,害怕失去丈夫和朋友,他们会评判她,会怀疑她撒谎,怀疑她夸大了事实。她退缩了。

大家换了话题,开始谈论其他事情。"洛朗刚刚向我们宣布了好消息。你们得抓紧享受啦,孩子出生的第一年,连一个好觉都睡不上!"又是孩子。玛丽再也无法坚持了。她的私处在两腿之间紧绷起来,被疼痛撕扯着。她装作若无其事,悄悄往卫生间走去。她的呼吸加快,焦虑即将爆发。墙面仿佛彼此在靠近,过道上挂着的油画在对她说话,嘲笑她的软弱。眼泪再也不受控制,流在她的脸颊上,扭曲了她的面孔,晕花了她的妆容。她看见了镜子里的自己。一个婊子。被人奸污过的婊子。几滴血浸湿了卫生纸。

当她再次加入他们的时候,一道摩洛哥甜品——杏仁羚羊角被隆重地端上了餐桌。"你还好吗?今晚你看起来很累。"玛丽笑了笑,说她从昨天起,有点不舒服。洛朗亲昵地把她搂在怀里,说他们今天准备早点回家。玛丽一边喝咖啡,一边听索菲娅计划着他们的冬季旅行。他们可以一起去瑞士,孩子由索菲娅的妈妈来照看。圣诞节前,在日内瓦滑雪,身处阿尔卑斯山的壮丽风景,没有什么比这更享受了。玛丽感到痛苦,她突然意识到,未来在人们的眼中是何等重要。人们从不谈论现在,很少谈论过去。她被强暴的那个夜晚似乎已经相当久远了,几乎被遗忘,只剩下浅浅的痕迹。即使她公然承认,她也不能确定别人的反应。玛丽可能会在工作场合再次遇见强暴她的那个人,或许甚至会因为她签了某个合同而受到他的祝贺,她会走过他的身边,对他微笑,闻到他的气味。他可能会忘记这一切,时间会过去,正义也会。一切注定如此。

他们准备回家了。保罗把大衣拿给她,想帮她穿上。她拒绝了。玛丽不想和他有肢体接触。她想到了他的性器,他和索菲娅做爱的方式。她想象他正在为那个年轻女孩听诊,她想象着被蹂躏、被折磨的阴道,敏感的纤维和神经,还有被疼痛摧残的下体。孩子的哭声响起,索菲娅拥抱了玛丽,很快上楼回到房间去照顾她的孩子了。

"我一直觉得男妇科医生很奇怪。坦白说,整天看着阴道,是不是有点怪?"卢浮宫的拱墙如此古老,多少年来,深深扎在地下,坚不可摧。她很想把洛朗正紧紧握住的方向盘抢过来,扭向一边,他和她立刻撞死,这样他就能闭嘴了。洛朗把一只手放在妻子的大腿上。她条件反射一般,推开了他,就像受到了惊吓。这个动作,她太熟悉了。"你真的没事吗?吃饭的时候,你有点反常。"玛丽让步了,她把他的手放回自己的腿上,任凭它在两腿之间来回移动。洛朗恢复了笑容。她想要他抚摸自己,把他的手伸进了连裤袜,同时握住他的阴茎。他勃起了。天已经很晚了,塞纳河畔行人很少,强烈的灯光有规律地照进车里。夜晚的巴黎,闪耀着它的美丽。洛朗走错了路。市政厅一带冷冷清清,白色的石头被塞纳河边的灯光照得很通透。他的阴茎在玛丽手中的往复运动中变得越来越坚挺。她加快了节奏。他喘息着,呻吟着,从油门踏板上抬起了脚。她让高潮持续了几分钟,直到她的手上布满了黏液。她隐藏着自己的厌恶,在杂物箱中寻找纸巾。"亲爱的,你好像到生理期了。"他把手从连裤袜里拿出来,手指上沾满了鲜血。她说不要紧,可能是上次生理期没有完全结束。然而并不是,事实上,昨天晚上她被强奸了,她的下体被虐待,直至鲜血淋漓,那个时候,他正和他的客户在穹顶餐厅吃龙虾。

今晚,他不会再有要求。玛丽可以安心地躺在床上。时间将从她的指缝间流逝。有时候,她能感觉到它。一切无比沉重,让人难以忍受,但她觉得自己能挺住。明天,新的一天就会开始。洛朗上床了,拥抱着她,很快就睡着了。

国王森林是个迷人的地方。枫丹白露森林环抱着这里的居民,将他们包裹在一个宁静自然、郁郁葱葱的锦盒内。高大的橡树种植在古老的庄园周围,透过枝枝杈杈,能够分辨出巨大的粗砂岩墙体上浅红色的石块。塞纳河在脚下流淌着。水流声很大,声声入耳。他们决定就在这里野餐。玛丽的母亲伊莱娜,在秋天明媚的阳光下,忙着打开早上准备好的野餐篮。一大堆按照口味整齐摆放的吐司最终使这一刻田园牧歌式的氛围变得完美。

距离玛丽被强暴已经三周了。她的下体不再疼痛。被强暴时的痛苦已经消失不见了,连同那些疼痛一起消失的,还有脑海中对于某些细节的回忆。她继续和她的丈夫做爱。而他,依然没有从她的行为注意到任何反常,除了偶尔因为压力和疲惫所产生的坏脾气。

洛朗和他的岳父杰拉尔在河边伸长钓鱼竿。他们打算晚上把待会钓到的鱼烤着吃。玛丽的父亲是一名退休的药剂师，在全家人心中很有威望。他的妻子是家庭主妇，精心抚养了两个女儿，从来没有表现出任何想要就业的意愿。母亲的身份让她感到满足。玛丽从未想过要去问她，她是否真的感到幸福，孩子的存在是否能够填满空虚，那种时不时在她周围蔓延开来的空虚。她平常总爱这么说："孩子，就是生命。生命加上生命，其他的，不就都有意义了吗？"

玛丽过去给妹妹帮忙，她正在一张花格绒毯上为宝宝换尿裤。宝宝似乎很喜欢他的姨妈。玛丽勉强地保持着微笑。"银行的工作怎么样？我听说最近有点辛苦。"这些玛丽不得不回答的无聊问题，以声速穿过了她的大脑。是她演技太好了吗？这个家庭如此友爱、温暖、相互关心，丈夫和妻子如此亲密，他们怎么能够，怎么能够没有一个人察觉到她的变化呢？他们开了香槟，用瓷质的盘子品尝奶油甜点。幸福，异常可笑。玛丽很想拿过那把长长的刀。把刀从妈妈手里抢过来，绝望地插入自己的心房，直到腹部。

洛朗回来了，他两只手摇晃着钓鱼桶，里面装了半桶鱼。他感到心满意足。玛丽觉得他越来越难看。他手里拿着鱼竿，脸上永远带着一副怡然自得的表情，满足于他的幸福生活，他完美的小日子。她想朝他吐口水，想把什么东西塞进他的喉

隐　痛

咙。在这幅没有明显缺陷的画面中，必须要停止追问细枝末节。没有人想那么做。人们更喜欢看上去甜蜜、令人放心的感情，平静、温柔，不让人察觉到任何瑕疵、扭曲，抑或纠结。玛丽想起了她和洛朗在布鲁塞尔度假时，她第一次看到勒内·马格里特①真迹时的震惊。很长时间以来，她一直着迷于马格里特作品的明晰性，画家对于题材摄影师一般的掌控力，以及他对于透视法的完美认知，然而，那天她感到深深地失望。视觉的距离顷刻间打破了一切。她慢慢走近自己最喜欢的画作《比利牛斯山的城堡》，画面中一块悬在空中的巨石上坐落着一座中世纪的城邦，她发现了最初的不完美。笔触并不均匀，线条与轮廓并不完善，颜料已经开裂……一切令人如此失望，远非她童年时代第一次在教科书的有光纸上看到这幅作品以来，所想象出的完美的艺术品。太阳照亮了眼前的这一幕。金色的光芒投射在潮湿的草坪上，照耀着周围的一切。唯有玛丽自己陷在黑暗之中。无边的黑暗。她再次体会到一种无力感，就像她曾经在博物馆遭遇的那种无力感。面纱被掀起，碾碎了关于理想主义的谎言。她很想安静一下，去思考如何才能挣脱。他们

---

① 勒内·马格里特（René Magritte，1898—1967），比利时画家，早期从事墙纸设计和商业艺术，20世纪20年代与巴黎的超现实主义者交往甚密，并开始潜心作画，宗法超现实主义画风。代表作有《风云将变》《比利牛斯山的城堡》等。——译注（本书脚注均为译注。）

在祝酒、干杯。玛丽很想一下子掀起桌布,打翻令全家人心醉神迷的香槟酒和马卡龙,还有那些酒杯,想摔碎所有的餐具,把一切掀翻在地。她再也不想感觉到自己的下体。不想有痛苦,抑或冲动,这些强烈的情感,日复一日,使她伤痕累累。她再也不想被什么人碰触。

"哦,你怎么啦?不喜欢香槟酒了吗?我本想让你高兴呢,这是你最喜欢的。"父亲用强壮有力的双臂抱紧了她,有点太紧了。一瞬间,她赶走了回忆,抑制住冲动,朝着他微笑。她又吃又喝,拥抱了她的丈夫、母亲和妹妹。她忘记了那些细节,忽略了种种瑕疵,赶走了痛苦,抑制住家人的无动于衷使她产生的反感。午餐结束。孩子觉得冷了,该回室内了。

她还保持着周一早上迟到的习惯,这成了一个永恒不变的细节。有些事情不应该被改变。洛朗一下子就找到了他的文件夹,他不会迟到了。昨晚,他想和玛丽做爱。玛丽没有借口拒绝,任凭他和自己亲热。很长时间以来,她就不再主动了。头脑中的回忆越来越拥挤。她把杯子放进洗碗槽,突然感到一阵头晕。过了一会儿,眩晕停止了。这段时间,她睡得不好,睡觉之前要背着丈夫吃很多安眠药。大概是这些药片的副作用使她变得比往常虚弱。

她骑着新自行车去银行上班。艾尔维看到玛丽很开心。

他把手机拿给她看,里面存着一些斑鸠的照片,那是他上周六在塞纳河边的宠物店买下的。"科琳娜看见鸟笼里又有了鸟儿,那副嘴脸简直了!没有什么比看到她这样,更让我高兴了,简直是我一生中最美好的一个周末!"

玛丽朝办公室走去,9点30分她要接待客户。她把咖啡放好,打开了电脑。就在那一刻,她的胃部抽搐起来,目光变得呆滞。时间停止了,尿液的味道又回到了嘴里。她的阴道开始收缩,本能地进行自我防御。她的旧手机就放在办公桌的中间。玛丽感觉到它还在自己脚下振动,她又回到了那辆车里。她再次看见了手机屏幕,还有上面的颜色,听见了信息响起时的声音,被强暴之前的几分钟,她的手指就在键盘上敲击。他刚刚进入了这间办公室,他决定再次出现在她的生活中。她慢慢握住手机。"哦,对了,经理的助理早上来过。上次开会他捡到了你的手机,他想还给你,但是你已经走了。"他也在对别人撒谎,她不是唯一这么做的人。奇怪的是,这个想法让她觉得安慰,把她拉近了他。他们保守着同一个秘密,是同一条船上的人,甚至身处同一条死胡同。充电之后,她打开手机,再次阅读了洛朗的信息,此刻,她觉得这些信息格外幼稚、可笑,甚至令人厌恶。为什么他执意要把手机还给她呢?现在再也没有证据了。他完全从这件事中脱了身,这可能是他对她保持沉默的回复。没有妇科鉴定,没有任何被强奸的迹象,他的车一定在第二天就被清洗得干干净净，玛丽也在当天晚上就把自己的东西扔进了垃圾车。再不会有人了解真相，太晚了，时机已经过去了。

客户来晚了。她让客户在走廊里等着她，她控制不住呕吐，冲进卫生间，掀开马桶盖，把早餐吐得干干净净。一个突然的打击使一切都变得复杂了，事情接踵而来，但是，永远都事与愿违，生活似乎决定让那一天无休无止，一直继续下去。

罢工使得伏尔泰大街的部分路段无法通行。热乎乎的羊角面包很快就会变凉。"您可以从理查德·勒努瓦大街绕行。"她很想告诉这个工作人员就是在那条街上她被强奸了,因此她不想再从那里经过,并且,作为工作人员,他应该找到另外一个方案来代替。但她什么也没说。停车场并没有那么大,尽管那天是晚上,但是竟然没有一个人看到那一幕,玛丽突然感到很奇怪,她猜想也许有人刚好看到他正离开她的身体,而他们立刻移开了目光,宁愿看着正前方,也不愿目睹混乱的性交场面。她没有停下来,而是加快脚步,远离了这块空地,从人行道的另一侧绕了过去。总是有这样的痛苦时刻,悄无声息地唤醒她的记忆。她封闭了回忆。

洛朗刚刚睡醒。诉讼即将开始,为了准备辩词,他昨天很晚才睡。他站起身来亲吻妻子。"我简直太幸运了,拥有这么完美的妻子……一大早就出去买羊角面包,亲爱的,我都没有听见你出去!"她不想吵醒他,不想冒险唤醒他清晨的性冲动。她放好桌子,细心地把羊角面包摆成花朵的造型,放在一个银质的大托盘里,那是父母送给他们的结婚礼物,然后,把鲜榨橙汁倒进了长颈瓶。洛朗开始煎鸡蛋和培根。厨房里立刻充满了油烟的味道。"稍微开一点窗户,要不然待会儿客厅里也全是油烟味儿。"她站起来,又一次感到反胃。最近几天她吐了多少次?洛朗看着她,问:"怎么啦?你生病了吗?"她赶紧走进卫生间,甚至没来得及把门关上。洛朗隔着门缝,一边笑一边看着她。"我看不出这有什么好笑的。看到我趴在马桶上呕吐?"洛朗向她走去,玛丽推开了他,她觉得这个场面很恶心,让他回到餐厅继续准备早餐。她觉得肚子很痛,简直无法忍受。总是同一个部位,就好像疼痛决定不停地敲打同一扇门,同一个伤口剧烈地被撕裂,缝合,再被撕裂。玛丽没有什么能吐的了,她把胆汁都吐出来了,绿色的汁液在白色的马桶壁上流淌。她步履艰难,走回洛朗身边。洛朗坐在那里,莫名其妙被妻子粗暴地赶了出来,让他有点恼火。事实上,他领先一步,明白了发生的事情。

玛丽一言不发地坐在餐桌旁,目光慌乱,喉咙里一阵阵反酸。她感觉到洛朗正盯着她。她迎接他的目光,直到他垂下眼睑。她不想知道他是怎么想的,不想听见那几个词从他嘴里说出来。如果他向她解释,她会大喊大叫,朝他的脸上吐口水,会把他从窗户推出去,哪怕只有最渺茫的机会,或者把煎过培根的热油泼到他脸上。"我今天想在家里待一天。这周的工作太累了。"洛朗原本打算去奥赛博物馆看展览,玛丽特别喜欢在周六早上,游客还没占领巴黎之前,去参观那座在奥赛火车站旧址上建造的博物馆。那里的灯光能让她感受到内心的宁静,温和、朦胧的光线透过古老车站的彩绘玻璃窗,射向巨大的大理石雕像,留下一圈圣洁的光晕。他一个人就不打算去了,他计划提前完成一些工作,或者去默伦看望他的父母。

玛丽回到卧室休息。她心满意足地躺在还没整理的床铺上。有些日子只有在床上度过才有价值。她设想自己穿着睡衣迎接客户、朋友、家人,身体倚在舒服的、厚厚的床垫上。恶心的感觉又回来了,而且更加强烈。"有没有药?能够对付呕吐的那种?"她的丈夫拿来一板红色药丸和一杯水。她好想把笑容从他的脸上连根拔起,把他的皮肤剖开,将他所有的满足感都扼杀掉。出门之前,他在妻子的额头上吻了一下,像是要鼓励她做好准备迎接即将发生的事情。她想睡上整整一天。最终,她睡着了。有几个小时的时间,她似乎不复存在。

玛丽对她的婆婆让娜从来没有过特殊的感情。她觉得让娜咄咄逼人，总是把洛朗看作一个受人欺负的小男孩，时时刻刻想要保护他，观察他的一切行为，以便在所有事情上给出自己的建议。玛丽不喜欢突如其来的拜访，尤其是现在这个时候。"她坚持要来，我甚至来不及拒绝！"她本想利用这个周末好好休息，待在床上看书、吃巧克力。洛朗加倍关心着越来越虚弱的妻子。让娜在午餐时间到了她家，还带来了一个很大的苹果派。玛丽觉得这个女人在她的一生中烤蛋糕的时间一定超过了照顾自己的时间。她并不觉得让娜和她自己的母亲之间有什么相似之处，尽管身为家庭主妇，做家务、教育孩子、照顾丈夫，这些职责对于她们两个来说差不多，但是她们在程度上有所不同，她的妈妈不像让娜那么夸张可笑。主要是性格问题，她的妈妈显然更加优雅也更有自制力。那么，从女性生活的视角看待玛丽,她自己又处在什么样的层面上呢？什么时候她才有能力摆脱环境对她的影响,走上与之相反的道路呢？

"跟我说说,亲爱的,你看起来很累！吃完午饭,我们出去吹吹风,去卢森堡公园附近喝杯茶。"她的香水,混合着乳香、檀香和麝香,散发出浓烈的味道,这种味道玛丽经常在大街上上了年纪的女人身上闻到,再次引起了她的恶心。和他们一起吃午饭,就像置身于一场滑稽剧一样,让她感到厌恶。声音太大,画面太拥挤,笑声太夸张。对她来说,在经历了漫长的苦难之后,她只想休息一下。于是,她偷偷溜进卫生间。隔音并不好,玛丽听见婆婆在洛朗耳边小声说了几句话。她没有听清,但他们肯定是在评价她端上来的速冻猪油火腿蛋糕。

她一回来,他们俩立刻安静下来。"我今天没力气去散步了。你们去吧。"让娜温柔地看着她,从头到脚打量着她的身形,玛丽就像被剥光了衣服。洛朗嘟着嘴,抬起下颌,表示同意。玛丽默默吃完了她的那份苹果派。这段时间,她的胃只能忍受甜食。让娜和洛朗准备出去。"有事就给我打电话,亲爱的,我带着手机,你打给我,我一直在。"她觉得这句话太可笑了。她想问问,她被强奸的时候他在哪儿。现在,她得了肠胃炎,他让她放心。一切不过是惺惺作态,就像一场华丽的假面舞会。她保持着距离亲吻了让娜,仿佛那些感染了流感的人。她为自己准备的猪油火腿蛋糕而道歉,接着,又回去睡觉了。

LE MALHEUR DU BAS

　　巴黎的星期天是玛丽的最爱。第五区的穆费塔街上有一个大集市，她和索菲娅经常一起去逛。她喜欢花好几个小时在这条街上闲逛。她认识这里所有的商贩，他们也了解她，知道她是一个忠实的顾客。面包摊位挨着奶酪摊位和鱼摊。季节一到，她就去那里买野味，为全家人炖一大锅热气腾腾的野猪肉或狍子肉。

　　玛丽准备穿裙子去蒙日广场和索菲娅见面，拉链却拉不上了。洛朗于是过来帮忙。"太奇怪了，肯定是缩水了。要么就是这几天我在妈妈家里吃得太多了。"洛朗没有说话，在幸福还没那么确定的时候，他不想武断地打扰妻子。玛丽如果坐下的话，这条从前她穿着很宽松的薄纱裙会完全开线。除了粉底和口红，她一直不怎么用化妆品。尽管她费了一番辛苦，油性皮肤还是没留给她太多选择。脸上长出好多斑点，就像被蚊虫叮咬了一般。她气色很差。黑眼圈很重，加深了眼睛的绿色。昨晚洗过的头发没有任何造型。看到自己的样子，她有些不安。这一周，她每次出门的时候，都在内裤里垫一片卫生巾。生理期很快会来，只不过推迟了一点点。她不喜欢私处黏糊糊的潮湿感，必须提前做好准备。洛朗走进房间，亲吻了她的脖子，和她告别。她微微转过脸去，受不了别人碰她。家人们对她的关注成了一种痛苦，一种比生病更糟糕的折磨。她原本觉得自己

隐 痛

不该出门,然而,在好几天的连绵阴雨之后,阳光暖暖的,圣梅达尔教堂的钟声在午餐时分准时响起,声音穿透了古老街区的大街小巷,带着一丝对往昔岁月的柔情蜜意。巴黎保持着它的气息。玛丽感觉自己停不下来,任由她深深眷恋、依赖的城市引领着她往前走,任由穆费塔街的石板路温柔地将她困住。

　　一到家,玛丽立刻把十几个小袋子放在橱柜上。她已经买了太多奶酪,但还是忍不住。当她转过头的时候,她看到在餐桌正中,放着一个粉色和白色相间的小盒子。她走了过去。"亲爱的,我猜你还没有搞清楚……我爱你,亲爱的。"洛朗的出现吓了她一跳。她拿起长方形的盒子。是一根验孕棒。她的双手开始发抖,太阳穴开始激烈地跳动,几乎要使额头变形。冷汗流过她的腹部和脖子。"我没有怀孕,生理期马上就来了。"玛丽等了一周,等着她的下体流血。生理期常常会推迟几天,她并不担心。此刻,玛丽感到灾难正在临近。她的面前出现了一面墙,铅铸造的墙,她将迎面撞上去,粉身碎骨。他向她发出挑衅。"那么,去测一测,既然你这么确定。我知道我在说什么,你是我的妻子,我了解你的身体。我在这儿等你。"

　　玛丽感到愤怒。他怎么敢说自己了解她的身体?在她被强暴的第二天,他就进入了她的身体,抓着她的头发,把他粗糙的手指伸进她流血的阴道,甚至把自己的脑袋放在她的两腿之间。她不想,不想做这个测试。如果她接受的话,她可能会发疯。这是一个自由的社会，人人可以通过努力使欲望得到满足，她本该成为女王。然而，她却被强暴、被玩弄、被羞辱，甚至被丢在自己的屎尿中，脸上沾满的精液还带着强奸犯的体温。她本该诉诸法律，然而，她却选择了沉默。每天，丈夫心怀感激的目光都加剧了她的恶心。无论洛朗欢笑、说话，还是出门、喝酒、做饭、睡觉，她再也无法产生一丝一毫爱意。玛丽努力说服自己，告诉丈夫真相之后，她所受到的侮辱和心灵的自由相比，只是小事一桩，然而，一切只是徒劳，她最终放任自己沉溺于谎言。她意识到她背叛了自己，正在自我毁灭。她已然说不清自己这么做到底是出于害怕被抛弃的恐惧，还是担心牺牲掉多年来她在情感和物质上赖以生存的舒适感，抑或是因为她对于往昔幸福生活的回忆，以及对彼此相爱的留恋。甚至，她一直保守的只属于自己一个人的秘密或许在潜意识里给予了她一种略带病态的兴奋？此刻，似乎没有什么理由能让她拒绝这个测试，她躲不掉。

玛丽穿过走廊，向卫生间走去。她想返回去，但是不行，洛朗在后面看着她，跟着她往前走。她锁上门，打开盒子，阅读了说明书。并不复杂，只要在验孕棒上滴几滴尿液，然后等着线条出现就行了。"好了吗？你结束了吗？打开门，我想和你一起看结果！"压力之下，玛丽很想在浴缸里溺死自己，或者用剃须刀割断自己的血管。她做出了选择，想看看这一切如何结束。她的呼吸加快,跳动的心脏几乎要在胸腔中炸裂,冰凉的双腿在马桶边颤抖着。她把验孕棒的塑料帽盖好,装进了盒子里。洛朗使劲敲着门。玛丽最终开了门,把盒子递给他。他抓住盒子,露出她从没见过的兴奋,双手用力夺了过去。

一条线。她没有怀孕,她知道的。洛朗感到失望。现在,他们可以把验孕棒扔进垃圾桶,然后去做别的事情,孩子可以以后再生。她又回到了厨房。这时,洛朗再次抓住了她的胳膊。"等一等,等等,还没完,你看!"另一条颜色稍浅的线在旁边出现了。这不可能,一秒钟之前还是阴性的。慢慢地,第二条线残忍地完全显现出来,给一切下了定论。两条线。她怀孕了。洛朗在妻子的怀中欢呼起来。玛丽不知所措。几个月以来,工人们在大街上施工。她听见锤子砸进混凝土的声音。他们将水泥浇在她的脑袋上,泥泞的石料在流动,压倒了她,使她无法动弹,将她灼烧,将她埋葬。她感到呼吸困难,朝洛朗笑笑,开始抽泣,因为痛苦而蜷缩、呕吐,接着,又笑起来,一边大笑,一边哭泣。一出闹剧。那一刻她就知道,她将无法忍受这个孩子。她丝毫也不怀疑,这不是洛朗的孩子。

"我要给我妈妈打电话!她午饭时候告诉我的!我早就猜到了,你不知道我有多开心。这是我们的孩子!你快给妹妹打电话!"她隐藏起痛苦,答应了他。这样的怀孕是一种耻辱,一种有悖自然的命运。在这一刻之前,甚至在她被强奸之后,玛丽并没有确切地感受到在她周围蔓延的恶意，然而，现在，一个黑色的阴影笼罩了她的腹部，遍布在她子宫里的每一根神经纤维之上，寄生于她的五脏六腑之中，充盈着恶臭。她一下子晕倒在地。洛朗正在客厅里拿着电话欢呼着。冰冷的地砖使她的身体变得僵硬，在她的意识里，冒出了一句话："你的孩子被诅咒了。"

"我不知道为什么,但我感觉到了,我确定就在今年,我和你爸爸就是这么说的!"玛丽的妈妈表现出难以抑制的兴奋。他们全家人聚在一起吃午饭,庆祝她怀孕,只有她的妹夫因为在伦敦出差,没能赶回来。玛丽保持着微笑,一直保持着,她轻轻用手背拂去了五颜六色的闪光亮片,那是洛朗用来装饰桌布的。很讨厌。她思忖着自己如何走到了这一步。所有人都相信了这个大笑话,没有人看出她眼中的罪恶,这出愚蠢的滑稽剧竟然点亮了每个人的脸庞,每一个她深爱的家人都笑逐颜开。她的爸爸打开了第二瓶香槟:"为我的宝贝女儿干杯,现在她将迎接自己的宝贝!我想告诉你,我和你的妈妈是多么为你自豪,为现在的你,为你和洛朗即将经营的生活。我们爱你,我们会永远陪在你身边。最后……也为不久之后的晚上干杯,你们即将起来干重活的晚上!"笑声在房间里响起,仿佛刀锋划过空气，鲨鱼破浪前行。快乐太拥挤，让人无法承受。

玛丽的母亲不停地在她怀里流泪，向她讲述自己做母亲的经历。玛丽什么也不想听，想扇她几个耳光，好让她闭嘴。她需要安静、冷静。然而，没有人听见她内心的声音。他们是不可能听见的。玛丽不得不打开他们为孩子准备的礼物。这是她怀上一个强奸犯的孩子应得的礼物：一些婴儿服、两条孕妇裙、婴儿餐具、麦尔登呢小毛毯、童车，还有玩具。她还没有完全理解这一切。她怀孕了。几星期以后，一切才真正开始显现。她的肚子会变大，身材会走样，她的乳房会胀满乳汁，她希望那些乳汁又苦又涩，婴儿甚至连舔都不愿意舔。

罗珊娜为她准备了一份特别的礼物，装在一个很重的盒子里，玛丽拆开了包装纸，第一眼看上去像是一本书。封面是罗珊娜亲手制作的，上面贴着一些贴画，还有玛丽童年时代的照片。玛丽几乎要痛苦得倒下了。罗珊娜却以为姐姐深受感动，在她身后替她一页一页往后翻。妇产医院里妈妈怀里的小婴儿。六岁的玛丽骑在小矮马上。爸爸教玛丽摆出滑雪的姿势。玛丽中学时第一次参加派对。玛丽获得商学院的学位。玛丽和洛朗在国王森林的市政厅登记结婚。玛丽穿着泳装在巴厘岛度蜜月。玛丽去银行上班的第一天。她被压垮了。她很想此刻就说出一切，不能再继续了。她被强奸时的照片在哪里？这份最后的回忆人们又会把它放在哪里？仅仅是这一幕，足以终止一切,将一切变得肮脏,让人想在这本完美的回忆录上呕吐。理想中的女人已经不复存在了。这个女人不再是妻子,不再是姐姐,也不再是女儿。只剩下肮脏、愤怒和丑陋的下体,还在那里,正面对着他们。从此后,回忆都是虚假的,一切已然消失殆尽。"现在只缺一个小孩了。"小孩?她不会让他活下来。她不能那么做。她怎么能接受那个强奸犯的小崽子每天盯着她看?她怎么可能那么残忍,每天早上看着洛朗为孩子准备奶瓶,而自己明明知道那不是他的孩子?她肚子里怀着的,是一个魔鬼。

罗珊娜合上了相册,把姐姐拥入怀中。婴儿在餐椅上哭起来,玛丽假装没有听到。"哦,你应该去练习练习!"罗珊娜抱起孩子,轻轻地把他放在姐姐的怀里。她觉得腰很痛,一种难以言喻的疼痛。重量之下,玛丽感觉自己即将碎成一片一片的,落在沙发脚下。孩子一直在动,用他冰凉的小脚踢着玛丽的胸口。他的眼睛四处张望,大脑袋一直左右乱晃,一刻也不安静。孩子感觉到有什么不对劲,开始哭喊。洛朗过来帮助玛丽。她有点羞愧,把孩子递给他。终于松了一口气。家人们隐约闪过一丝不安。她的妹妹微笑着垂下了眼睛。她的妈妈移开了目光,看向别处。洛朗已经是个好爸爸了。洛朗抱着这个孩子就像抱着自己的孩子,哄着他,抚摸他,对他尽是温情与爱意。

3点整。"我们让准妈妈休息吧!"这句话在她耳边响起时,就像度假的人忘记了关闹钟。刚刚,玛丽和父亲谈论起银行的合同,她的一个大客户即将签订一份上百万的人寿保险合同,她还谈起了她去私人银行工作的职业规划。谈论着她感兴趣的话题,有那么一刻,使她忘记了所有。然而,孩子又一次搞砸了一切。她知道,很快,她的肚子会变大,变得令人反胃,她将再没有哪一刻能忘记自己的苦难。不过,这是不会发生的。她会偷偷流产。这只是计划的问题,只要不引人注意就好。得知自己怀孕的那天晚上,玛丽已经在网上试着寻找解决方法了。她在搜索引擎上敲出这几个字:"被强暴后怀孕"。毕竟,这不需要用太长的句子来概括,仅仅几个字就足够了,然而,这是她第一次成功地找到确切的词语来描述那个晚上。法国是个民主、宽容的国家,自愿结束妊娠从 1975 年《韦依法案》通过之后就已经合法化了。在怀孕的前十二周内,所有的妇女,只要愿意的话,无论出于任何原因都可以接受人工流产。玛丽只需要找到一位医生,向他表明情况即可。出于医学保密,她会受到保护,不会有人知道真相。她将在睡觉前服下最后一粒药,胎儿就会停止生长。她做好了准备,独自忍受这一切,不向任何人倾诉。仅仅几个小时而已。早上醒来,一切都将结束。一次失败的妊娠。在怀孕初期,这很常见。床单上的血迹将是这场悲剧有力的证明。洛朗会痛苦好多天。然而,他们还会继续做爱,下一次,她会怀上他的孩子。

隐 痛

很少有人敢在冬天骑自行车。洛朗不想让妻子受冻,在她出门上班之前,将一条围巾围在了她的脖子上,在她耳边嘟哝着,让她一定要格外小心。薄冰、清早上路的粗心大意的巴黎司机,都让他担惊受怕。玛丽花了很多时间劝说他,他才放下心来。事实上,她期待着最坏的事情。被一辆卡车撞倒,抑或滑到一辆汽车的轮胎下,这是她能想到发生在自己身上最好的事情。肚子里就什么都没有了。"晚上,我开车去银行接你。七点钟,保罗在诊室等着我们。我已经迫不及待了。第一次超声检查,我们说不定能看到些什么……"她有点同情她的丈夫。洛朗亲吻了她,出门上班。他的文件就放在窗户旁边,他并没有看到。玛丽看到了,但她什么也没说,他的失误让她内心窃喜。洛朗坚持让保罗监测她的整个孕期,这对玛丽来说,又多了一个不幸。她的计划更加难以实现了,保罗会注意到她所有的企图,她不能像普通的病人那样信任自己的医生。他的妻子是她最好的朋友,而她,甚至没有向她最好的朋友吐露过。她获得解脱的希望更加渺茫了。

上班的路上,她的手机一直在振动。洛朗急于知道她是否平安到达,而她过了半小时才回复他。这段时间他担忧不已。她的电话从来没有响得这么频繁过:索菲娅告诉她晚上自己也一起去,索菲娅必须见证她的第一次产检;明天,妹妹想约她一起吃午饭；妈妈为她准备了美味的蔬菜肉块汤，等着他们周日回家；洛朗还在担心她，因为她早饭吃得太少。大家都在为了她而忙碌着，没完没了。

今天早上，艾尔维比往常更加绝望。昨晚，他的妻子试图毒死他的斑鸠。他看见洗碗槽下面的抽屉里有一袋老鼠药。玛丽很怀疑他妻子的真实意图。或许她试图毒死的是他本人，并不是他的斑鸠？玛丽没有说话，不想把自己的猜测告诉他。白天还在继续。工作现在成了她的一种爱好，一种消遣，能够在悲剧发生之前占据她饱受摧残的大脑。

18点30分，洛朗打电话给她。他在外面，在车里等她。玛丽迅速走出办公室。车停的位置不太好，在马路中间。交通灯在闪烁，周围响起了汽车的喇叭声和人们的抱怨声。洛朗打开车窗催促她加快速度。匆匆忙忙中，她撞上了一辆手推车，婴儿哭闹起来。"怎么回事！疯子，走路不看着点！你差点杀了他！"最后一句话在她耳边回响着。她很想抱起那个孩子，从他妈妈那里抢过来，把他摔在地上，直到他脑浆迸裂。然后，打他，狠狠地打他，使他陷进混凝土之中。但她还是道了歉，继续向前跑，上了车。她仿佛受到了惊吓一般，没有亲吻她的丈夫，只是催促他快点开车。

"你终于来啦，亲爱的准妈妈！"索菲娅夸张地说。她扑向玛丽，亲吻她的面颊，将脸靠近她的脸，同时靠近了她的身体。玛丽意识到她讨厌和自己有肢体接触的人，他们无意识地碰到她的手、肩膀、大腿，仿佛自己完全没有察觉。走廊里充斥着消毒水的味道，这让她觉得反胃。保罗的诊室在萨尔佩特里尔医院的侧翼，属于妇产科。保罗比洛朗要年长一些，他们因为索菲娅而结识，玛丽和索菲娅从儿时起就是好朋友。他们四个一见如故，成了真正的朋友，见证了彼此间所有重要的时刻。玛丽还记得保罗和索菲娅的孩子出生时，她和洛朗赶去产房，手里拎着各种礼物和好几盒巧克力，在楼道里奔跑，生怕不能最先看到孩子。现在，该他们了。玛丽想到了最坏的可能，恐惧让她失去了理智，手足无措。超声波是否能显示出她被强暴过？胎儿是不是完全不像洛朗，长相、身材、走路姿势，还有微笑的样子，都不像洛朗？保罗是不是通过听诊就能够发现她被侵犯过的痕迹？她猜测像他那样有声望的妇科医生，接诊过很多被强暴的受害者，有时甚至在案件发生之后的很多天，他也不会看不出来在就诊者身上发生过什么。女人的身体会说话，能够为它经受过的暴力作证。她对自己的轻率感到后悔，保罗一定会在第一时间发现所有的一切，他会抬起头，让所有人离开诊室，然后命令她解释。

"过去吧，亲爱的，躺在椅子上！让我来检查一下爸爸的工作做得怎么样！如果是个男孩，我希望他毫不犹豫地继承爸爸的身体基因!"所有人都笑了,氛围很轻松。玛丽仿佛漂浮在他们中间,置身于人群之中,却又孤立无援,所有人都围绕在她身边,却又弃之不顾。无论如何,或许这是最合适的时刻,他们会了解到真相。玛丽在屏风后面脱掉裤子,她害羞地走出来,一边迈着犹豫的步子走向保罗,一边把毛衣的下摆往大腿上拽了拽。妻子的害羞让洛朗觉得感动。玛丽坐在检查台上。她的双腿在支架上颤抖。"我来做个检查。别担心,一点也不痛。"她觉得自己像动物。一头怀孕的母牛,在三个不怀好意的陌生人的注视下,暴露阴道,接受检查。保罗把窥阴镜伸进了她的体内,冰冷的器械在游走,压迫,然后离开她的性器,慢慢地被拿出来。有那么一刻,她的呼吸停止了。保罗看起来很困惑,面部僵硬,没有表情。她感觉到自己马上要被揭穿了,同时,她又觉得安慰,真相即将大白于天下,这场假面舞会终于即将落幕。

超声检查开始了。保罗拿着一根边缘光滑、布满黏稠的液体的塑料长管,慢慢将它伸进她的体内,他不时地看看正对着自己的大屏幕,然后,敲击着键盘,专注而严肃。突然,一个灿烂的笑容使他的面部肌肉放松下来。"看,在那儿。现在胎儿还太小,但是几个星期之后,你就能看到了。"玛丽并不想看。保罗以为她没有注意到挂在右侧墙面上供病人观看的屏幕,就用手指示意她,几乎要帮她扭过头来。"在那儿,你看,快看,在那儿。"她看到一片很大的白色光晕，保罗指给她看的在光晕里面，就像一个黑色的血块。洛朗走到妻子的身边，流出了眼泪。保罗安慰着他，用男人的方式在他的肩膀上拍了几下。玛丽从屏幕上移开了目光。胎儿还没有表现出任何人类的特征：没有头，没有脚，也没有性器。但是，很快就会出现，会变得具体。像这样的产检，每个月都会有几次。

玛丽费力地从检查台上下来，走过去穿衣服。在屏风后面，她听见索菲娅开心地大声喊："今晚轮到我开香槟了！第一次超声检查！"又一场因为强奸而存在的庆典。玛丽并不记得自己曾经因为外甥或索菲娅儿子的出生而如此兴奋，仿佛所有人都知道她被强奸了，他们希望她为自己的谎言付出代价，于是他们在得知她怀孕之后，拼命表现得欣喜若狂，仅仅是为了报复。

"不过，有一些霉菌需要处理一下。其他的，一切正常。以后每过一两个月来检查一次。"霉菌，就出于这个可笑的原因，保罗刚刚眉头紧锁。他打印了超声波的图片以作纪念。洛朗想把它塑封起来。真正的证据已经完全消失了，再没有下文。只留下一个残忍的孩子来补偿玛丽。

"为生活干杯！为孩子！为我十五年来喜欢、挚爱的女人干杯！"所有人都举起了香槟酒杯。玛丽微笑着，手里拿着一杯可口可乐。她暗自猜测，如果索菲娅知道了真相，一定不会像现在这么爱她。洛朗亲吻了他的妻子，穹顶餐厅的客人们都远远地祝福这位年轻的准妈妈。下周起，他们要装修公寓，为宝宝准备一间婴儿房。洛朗和玛丽的书房将被改造，让位给将要出生的小生命。玛丽不得不牺牲自己的空间，还有她的时间，她的身体，使他们的准备更加充分。有点像为老板的生日准备惊喜派对那样。穹顶餐厅的装修很奢华。巴黎最让玛丽喜欢的，就包括这些老式餐厅，洋溢着世纪之初"美好时代"的氛围，侍者们动作敏捷、举止优雅，穿梭在餐桌之间，他们带着巴黎口音，神情高傲，盘子里盛放的法国菜简单却美味，盘子上还刻着餐厅的名字。在被强暴之前，她时不时会光顾这些地方，现在，这些她喜欢的地方都让她有种想死的冲动。他们的讨论，她听不进去，恍惚间知道他们在讨论婴儿房的墙纸。

"鸭脊肉配牛肝菌和土豆泥是这位女士的。"洛朗问她，能不能尝一下。她讨厌人们要求品尝其他人的菜，讨厌他们相互品尝对方的菜，想要尝出有什么不同，最后总是认为别人的菜比自己的好吃。

"我生第一个孩子的时候，就像从邮局寄出了一封信，我的丈夫站在外面比我还痛苦。"邻桌的一位阔太太也加入了他们的对话。每个人都发表了自己的看法，根据自己的经验做出评论，没有一个人注意到她的沉默。幕布被拉开了，每个人都在这出荒诞剧里扮演着自己的角色。洛朗喝醉了,他把手放在妻子的肚子上,兴高采烈,叫嚷着自己很快就要当爸爸了。被这样的幸福所感染,每个人的内心都柔软起来。

  吃过晚饭,保罗去结账,索菲娅搀扶玛丽站起身来,她过分细心,就像在照顾一个被截肢的残疾人。蒙帕纳斯大街的车流永远不会停歇,司机们疯狂地开着车穿过灯火通明的街道。他们走出餐厅,在路边等待出租车。一辆卡车在几秒钟之内即将开到他们身边,车速快极了,足以撞死玛丽,一下子让她粉身碎骨。她只要迈出两三步,冲到大街上,她的苦难就会在这里终结。她准备立刻行动,但她的一只脚刚刚跨上人行道,就有人拉住了她的胳膊,使她躲过了卡车。"亲爱的,你在干什么?停靠站就在旁边呀。你累了,我们马上就回家。"玛丽怅然若失,倍感孤独。就在这时,一位老妇人正要穿过人行道走进一家餐厅,她们四目相对,她觉得对方理解了她的目光。她们有着同样的眼神。她非常确信,她也曾经遭受强暴。这是一种默契,一种召唤,相同的苦难使她们认出了彼此。玛丽摆脱了洛朗去找她,借口说这是和自己关系很好的一位客户。洛朗很吃惊,站在出租车旁边同保罗、索菲娅又聊了一会儿,同时用余光关注着妻子。玛丽跑过去,追上了老妇人,抓住她的手,用绝望的眼神捕捉对方的目光。"您一定知道的。我看见了,您知道我的想法,知道我发生了什么。"老妇人看了她一会儿,变了脸色,觉得莫名其妙,她问玛丽,她们是否见过,她是不是有什么困难需要人帮忙。玛丽立刻松开了她的手。她搞错了,认错了人。仅仅是一场误会、一种错觉。她为自己的疯狂而感到沮丧,立刻向老妇人道歉:光线太强影响了她的视力。

　　她开始往回走,回到了洛朗身边。"你还好吗?我都不知道,你会在工作以外的时间和客户聊天。"他们上了出租车。她当时那么肯定,现在感到无比失望。她的一生中,可能再也没有这样的邂逅了。洛朗看着妻子,车里弥漫着他呼出的酒气,全都是白兰地的味道。玛丽透过车窗看向来来往往的行人。有谁能够了解她的噩梦呢?谁才能帮助她,引领她摆脱绝境呢?终于,她得到了答案。一切都清楚了。只有她自己。从始至终只有她自己。她孤立无援,但她不能懈怠,必须打败肚子里的孩子。既然要开始行动,那么,她只需心无旁骛,按照直觉去行事。很久以来,她终于感受到了愤怒,无法抑制的愤怒。她的丈夫睡着了,脸贴在车窗上。出租车司机沉默不语。车里响起一首东方歌曲,一个声音温柔地在她耳边吟唱着:"我已别无选择。我已别无选择。我已别无选择……"

玛丽的母亲总是站在家门前的台阶上迎接他们,双手握在一起,目光温和、慈爱,脸上带着微笑,为全家人要一起度过一整天而感到幸福。罗珊娜和她的丈夫已经迫不及待地赶到了。怀孕的第五个月,玛丽的肚子已经很明显了。洛朗自己先下车,然后帮助玛丽走下车。她穿着妹妹送给她的孕妇裙。好多天前,她从前的衣服就不能再穿了。"我们的大美人到了!你看起来好极了。"这当然不是真的。玛丽胖了好多。她整日在办公室里暴饮暴食,狂吃薯片和糖果。晚上回家以后,她要做好几个大份的能多益巧克力三明治,搭配酸黄瓜土豆沙拉,或者橄榄蛋糕,她一个人就能吃完全部,然后懒洋洋地躺在沙发上,任凭脂肪疯长。洛朗并不担心她的食欲过盛,他觉得孕期的女人吃得比平时多是件很自然的事。保罗的回答也使他确定了这一点。每个月的最后一个星期五,洛朗都会陪玛丽去做产检,没有一次是她自己去的。因为缺少私密,她无法单独和保罗说话,也没有表现出任何绝望的迹象。她再也没有别的路可以走了。

  房子很大,一共有四层。罗珊娜和她的丈夫朱利安走进了客厅,朱利安拿出奶瓶,给婴儿喂奶。接着,他拥抱了玛丽,热情地祝贺她即将成为妈妈。朱利安是个称职的一家之主,作为丈夫,他温柔体贴、聪明细心、容易相处,而且很有修养,他在一个建筑事务所工作,担任重要的领导职务。他是那种没有什么明显缺点的人,从不会打破均衡。是那种建设者,喜欢团结协作的人,日复一日在做基础建设,为生活做好坚实的准备。玛丽从前也是这样的人,现在,她只想挥一挥手,将一切摧毁。

  午饭时间,大家在餐桌前就座。她的妈妈做了奶油圣雅克扇贝,这是洛朗的最爱。她一边把热气腾腾的大盘子端上桌子,一边说:"我们昨天在电视上看见洛朗了!你丈夫现在是明星了。说不定你们的孩子也会成为律师!"昨天晚上,关于朗卡德案件的报道已经在一个公共频道播出了,洛朗接受了调查记者的采访。他有点不好意思,但是能够引起玛丽家人的注意,他还是感到很开心。"你呢,亲爱的?工作还受得了吗?洛朗跟我们说,你上周生病了。现在好了吗?"

  上星期召开了季度末的总结会议,会议再一次由大区经理组织,就是对玛丽施暴的那个人。前一天晚上,她的同事跟她

隐 痛

说起这次会议的时候,玛丽犹豫了。很久以来,很多个夜晚,她整夜都在想象各种可能发生的场景。是该直面那个强暴她的人,还是该逃开?她选择了后者。首先是出于害怕。其次,还有羞耻,不过,这种感觉比不上再次被强暴的焦虑。会议室里有三百多人,玛丽的恐惧背离了理性,她觉得在所有人的注视之下,她会再一次被那个男人强奸。她还没有正式向公司领导层申请产假,经理很可能对她怀孕的事一无所知,当他知道这件事,他会做何反应呢?她不能让他知道,还要再等等。

此刻,一家人在冬天的花园里品尝甜品。惨白的太阳光强烈地射向回廊。玛丽大口吞下妈妈做的巧克力慕斯蛋糕。她不能喝香槟,只喝了一小杯温和的苹果酒。她莫名其妙地遵守着保罗的命令:戒掉酒精,每天早上锻炼身体,有规律地睡眠,大量饮水,做身体按摩。这是真正的治疗,没有名字的疗法。她不会要这个孩子。所有这些恶心,持续不断的疲惫、腹泻、胃部反酸,还有疏松结缔组织炎,正在伤害她的身体——曾经平滑、紧致的身体。潮水般的臭汗浸透了她的床单,油腻的皮肤长满了色斑,头发失去了光泽,呼吸像狗一样。她就像那些怀孕后打算流产的妇女一样,忍受着无益的痛苦。她们的身材已经改变,但是她们的头脑没有任何变化。她们并没有因为孩子在自己的身体里成长而感受到任何幸福,并且她们知道自己永远也感受不到这种幸福。今天早上,玛丽忘了量血压。上个星期，她的血压有点低，仅仅出于谨慎，保罗让她每月量两次血压。玛丽不得不去二楼拿血压计。"亲爱的，我去拿，你过来坐着！"玛丽发火了，她又不是孩子，她受够了自己被当作一个弱者，需要别人来照顾。洛朗不再坚持，只是让她上楼梯的时候调整好呼吸。

出于怀旧，女儿们离家之后，玛丽的妈妈舍不得碰她们的房间，所有的东西都保持在原来的位置，这里就象一个博物馆，收藏着所有的记忆。一张海报，上面印着几匹马，好几个地方已经微微泛黄，依然贴在床头；玛丽和爸爸妈妈、妹妹全家出游的照片，还有她孩子气的涂鸦，都被妈妈精心地装裱起来；一盏小夜灯，是她在夏令营亲手做的；一张旧的橡木写字台，是爸爸在圣旺的跳蚤市场淘来的，她曾经就在那张桌子上为所有考试做准备。她从衣柜的镜子里看见了自己，这成了最后一根稻草，即将将她压垮。几天前，她把自己家里所有的玻璃和镜子都卸掉了，以便不再忍受自己的样子。她悲伤地看着她的身体，一个女人的身体。乳房重重地垂下来，让她感到厌恶，肚子浑圆，大腿肥胖，双手干燥皲裂。从什么时候起，她不再是个小女孩，而是变成了女人？她清楚地记得最初几次月经来潮，记得妈妈告诉她鲜血是从下体流出来的，那一刻，她惶恐至极。十二岁的一天，上数学课的时候她第一次经历这一切。第一次体验到小腹的疼痛，第一次感觉到内裤的潮湿，第一次看见一

隐 痛

道鲜血慢慢从两腿之间流进马桶。她记得自己把一张卫生纸拿到面前,仔细观察上面血红色的印记和泛着黑色的小血块,她记得自己把手指放在私处,触摸到温热黏稠的血液,第一次感受到卫生间里弥漫的强烈的血腥味,带着金属铁的味道。她等了好几天才告诉妈妈,其间,她自己在卫生间的盥洗盆里清洗了裤子上的血迹。她感到羞耻。在女人的一生中,直到生命的终结,这种羞耻感如影随形。同一种羞耻。身材不够完美,皮肤不够白皙,不能被大家认可。女人的身体注定要经受痛苦,在痛苦中呻吟、瑟瑟发抖,它会流血,会变化,不断地变化,变得肥胖或者苗条,它会被入侵,肚子被搞大,被开肠破肚,被掏空,再被合上。面对着苦难,它一次次充满勇气,又一次次一败涂地,为了使自己平静下来,不得不大量吞食对乙酰氨基酚和布洛芬。玛丽知道,她此刻怀念的宁静美好的童年时代,已经一去不复返。那个天真无邪的声音安静下来了。她在自己的包里找到了保罗给她的血压计。突然,一阵眩晕悄悄袭来,让她无法站立。她在床上休息了一会儿,决定回到客厅,家人们的身边。楼梯的台阶太高了,她感到难以逾越。她慢慢把脚踩在铺着地毯的木制台阶上。双手紧握着扶手,然后,一点点往下滑。她知道自己不会挣扎,也不会求救。她的头很重,眩晕越来越强烈,直到她终于摆脱了理智的控制。她的身体沿着长长的螺旋形楼梯开始下坠,她希望落到底部的时候,自己会粉身碎骨。玛丽保持着清醒。她觉得自己可以坐起来，或者过上一会儿再向丈夫求救。全家人一拥而上。玛丽的身体横在那里，她感到自己已经支离破碎。鲜血从额头上流下来，一条腿脱臼了。"叫救护车！快！快！"他们想救她。但她不想。几个月来，玛丽只想安静。现在，终于达到目的了，她已经分辨不出任何声音了，但是还保持着微弱的意识，知道那一刻发生的事情。她的丈夫想把她抱起来，放在客厅的沙发上。罗珊娜在上面大喊，不了解情况，不能随便移动，如果有内出血的话，情况会非常危急。他们争吵着。洛朗咆哮着，他害怕失去妻子，失去孩子。必须要保住胎儿。

玛丽再也不想睁开眼睛。然而,妈妈的面孔越来越清晰地出现在她面前。妈妈温柔地抚摸着她的头发,让她不要着急,不要急于活动:"别担心,亲爱的。一切都好,你只是有一条腿骨折,头上有一个伤口。孩子很好,他棒极了。一切都过去了。"他还活着。胎儿牢牢地依附在妈妈身上,甚至比妈妈更有生命力,他还在继续骄傲地生长,使她腹部的纤维变黑,毫不在意他的妈妈身处医院,即将死于悲伤和痛苦。

洛朗走进病房,嘴里嘟哝着什么,冲向玛丽,亲吻她,身上还散发着酒精的味道。"我害怕极了!当我看见你躺在地上,我感觉自己就要死去了……孩子很好,是个强壮的小伙子,他挺住了!"

玛丽很想起身,然而,一阵剧烈的疼痛传到她的腿上。蓝色的石膏使她右腿腿肚的一部分变得僵硬,她的身体无法移动,紧贴在这张坚硬的床上。她完全感觉不到身体下面的床垫和身上盖着的被子。除了还在呼吸,她已然是一具尸体。

保罗来了,笑得很灿烂,向她宣布了孩子安然无恙的好消息,同时把昨晚超声检查的结果,还有腿部的X光片和血液检查的结果拿给她看。玛丽暗想,像她这样的情况,是不是并不存在医学上的优先决定权。她身在法国,一个文明、有保障的国家,维护着妇女的各项权利和人身安全。然而,在她被强暴并怀孕之后,从来没有人问过她是否愿意保留这个孩子。对于每一个怀孕的女人来说,在第一次妇科检查的时候,至少应该有一次被问到这个问题。和谐的夫妻关系并不代表由衷的幸福感,也无法证明女人对于怀孕的真实意愿。并且,女人可能会受到某种影响。身为妻子,被殴打、被强暴,偶尔一次,或者很多次被侵犯,精神上或肉体上受到伤害。人们并不知道女人的精神世界究竟发生过什么。甚至在玛丽从楼梯上摔下来之后,她最先知道的,仍然是尚未出世的孩子的消息,而不是她自己的消息。她沦为了一个器官,孩子是首要的,神圣的。"你还要在医院待两天,以确保一切都好。在目前的情况下,胎盘还存在脱落的可能,必须要注意。过几分钟,给你腿部做手术的医生会过来查房。现在嘛,休息,休息,还是休息。"

她不能去银行上班了,被监禁在床上,终日眼睁睁看着自己的肚子一点点变大,真真切切感受孩子的每一个动作,感受

隐 痛

他在自己的身体里远离了一切危险,焕发出勃勃生机。再没有什么事情能让她得到哪怕片刻的放松,假装这场悲剧并不存在。保罗希望她休息,她需要恢复体力。妈妈和洛朗亲吻了她。罗珊娜和爸爸不想她耗费精力,一直等在外面。现在,所有人都走出了房间,她一直期待的安宁终于降临了。病床边上的落地窗半开着,一阵新鲜空气扑面而来。窗户只能打开四分之一。她听见阴沉的天空下树叶窸窸窣窣的声音,孩子的喊叫声,还有楼道里护士爆发出的阵阵笑声。电话响了。她转过身去拿包。她还在输液,每动一下,都能感觉到针头的存在,这使她隐隐作痛。一条短消息:"我知道你没有勇气。就像我们一起在车上度过的那个美好的夜晚。继续这样,乖乖保持沉默,这样最好不过。"他了解她的情况。因为她,因为她保守秘密的决心而得意扬扬。玛丽扔掉了电话,难以名状的愤怒唤醒了她,压迫着她的腹部。她的呼吸变得急促。这条消息是他对她的藐视,他用了"勇气"这个词,仿佛他的行为获得了最终的胜利。

玛丽在她的包里翻找着,被强暴之后,她买了一把小折刀来防身。她终于能用到它了。她曾经花了好几个小时对着镜子练习,试着用最快的速度从大衣兜里掏出来,将它伸向袭击者。此刻,她紧紧握住刀,把它伸进了被子里。接着,她脱掉内裤,把刀片对准两腿之间。她要杀死这个胎儿,她将用尽力气划破肚子里的胎盘，刺穿它，用她手里的利刃作为武器，使它血肉模糊。她将以此宣战。上一次超声检查的时候，玛丽和丈夫已经能够清清楚楚地分辨出胎儿畸形的头部，无力的双腿，紧实的腹部，整个身体漂浮在羊水中。她希望自己的羊水辛辣、刺鼻，足以使他窒息，将他淹死。现在她将要杀死的是一个真正的胎儿，不再是最初那个小小的黑点。她感觉到冰冷的刀片正在穿过她的阴道壁，她闭上眼睛，咬紧牙关，准备一鼓作气，用力捅进自己的小腹，然后狠狠扭动刀片，刺破他的五脏六腑，确定无疑地将他了结。

就在这时响起了敲门声。"您好！我是哈考特医生。今天早上，是我给您做的手术，我来了解一下情况。我的同事告诉我胎儿很健康，真是太好了。"她悄悄收回了小刀。她没能成功，人们没能让她这么做。世界不在她这边，命运总是与她的愿望相反。所有人都希望孩子能生下来，那么，他会出生的。玛丽接受了命运的安排，她已然筋疲力尽，放弃了谋杀。太晚了，时机已经过去了。她会坚持下去，在她丈夫的帮助下，在家人和朋友的支持下，他们合力提供了最优越的条件，以便将一个因强奸孕育的孩子带到这个世界。回忆再次涌现，此刻，她回到了那天晚上，又看见了那个男人。他的身体正经历着高潮的快感，发出长长的喘息声，没完没了，仿佛再也不会停下来。玛丽不知道自己为什么会突然想起那一幕，过后，她为什么不做些什么,以避免最可怕的后果,她为什么不去夜间营业的药房买紧急避孕药,为什么没有采取事后措施预防可能被传染的性疾病,诸如艾滋病,她甚至没有测试一下排卵期以确定自己今后的命运。相反,她只是回到家里,洗澡、睡觉。这是她的错。她宁愿假装一切正常也不想面对真相。她感到羞耻,充满了罪恶感,觉得自己愚蠢透顶,竟然没有做那些应该做的事。在这家医院,她付出了惨重的代价。仅仅这一次,似乎世界站在了她这边。医生不再说那些客套话,问道:"您有什么问题吗?"没有。

周一晚上,玛丽感觉到有白色的液体从她的两腿之间流下来,她再次想起了被强暴的那一幕,鲜血混合着粪便,呕吐物混合着鲜血。疼痛从腰部开始,到腹部,到四肢。玛丽感到自己即将死去,双手攥紧被汗水浸湿的床单,肉体的疼痛再也无法控制。久违的恐惧感再次出现了,比起从前,并没有丝毫缓和。她几乎无法分辨任何声音。一名护士握着她的手,鼓励她再一次用力屏息。每一次宫缩都在撕扯着她的身体。或许在孩子出生之前,她就会死在这张产床上。压力之下,她的骨盆最终会碎裂。十三个小时了。孩子不想脱离她的身体。她突然后悔自己强迫这个孩子来到世上,他其实并没有这么要求。如果今后她向他解释,告诉他自己是因为一次强暴而怀孕,而她又没有勇气告诉丈夫真相,或许,他会减少几分对她的怨恨。他的头部即将穿过她的会阴。玛丽感觉自己就像一头卑微的牲畜。保罗一边按压她的小腹,一边大喊,接着,将一只手部分地伸进她的子宫,试图扩大开口,让婴儿的头部顺利通过。会阴太窄了。"大概需要实施会阴切开术……不,不,不用了,这样很好,就这么做。"他们以她的名义讨论着这一切,代替她做出决定,她除了用力屏息之外没有什么可以做的。玛丽睁大眼睛,她听得见,也感觉得到,麻醉不起什么作用,痛苦并没有减轻。她想,过一会儿,她就要做决定,是否要杀死这个婴儿。等到所有的护士和保罗都走出产房的时候,她可能会付诸行动。她现在不爱他,永远也不会爱他,对他来说,最好不必无意义地活着,而是回到他原来的地方。她之前就尝试过让他消失,但是并没有成功,人们阻止她这样做。也有可能,他会活下来。当他们四目交错时,会发生一些事情,阻止她下手,使她无法扼住他的喉咙。婴儿发出了可怕的啼哭声。刚一脱离巨大的子宫,就有人把他抱到了玛丽面前:他的头部变了形,身体浮肿,周身覆盖着羊水、鲜血和白色的胎脂。皮肤很干,有点透明,她能在一些部位看到他的毛细血管。这是一个恶魔。肚子上还有一段潮湿的脐带,他用自己冰凉的小脚丫轻踢着她的胸部。孩子马上就要睁开眼睛了,她立刻将头转向另外一侧,害怕他游移不定的眼神会使她生出怜悯。他的眼睛上粘着好多分泌物,开始慢慢渗出。这时,一股绿色的液体从他的屁股里流了出来,流在了他裸露的双腿上。一阵酸臭——油脂、汗液和尿液混合在一起的臭味,弥漫在整个房间。他的阴茎泛着紫色,肿胀着,几乎要燃烧起来,就好像这个婴儿刚刚被强暴,或者毒打过。玛丽努力克制着她的厌恶。护士愚蠢地朝她微笑,像是要说服她,使她相信此刻正在发生的是最纯洁、神圣的幸福,她应该感到高兴,从自己的大肚子里除掉了胎儿。"我来给你介绍一下你的儿子,亲爱的玛丽。"人们不必把一个儿子介绍给他的妈妈,她已经比所有人更了解他。此刻,她再没有任何选择了,必须要直视她的儿子。他褶皱的小眼睛刚刚睁开,向各个方向扭动身体,开始哭闹。玛丽突然觉得很累。她的气息已经耗尽了。慢慢闭上了眼睛。有人从她的怀里抱走了孩子,她向后倒了下去,放弃了戒备,不再抵抗。她的身体仿佛从两腿之间被掏空了。她听见远处有人在喊:"她的血压在下降。50mmHg。产妇已经昏迷。立刻呼叫急救组。"玛丽并不害怕,她知道又一次,所有人都会赶来照顾她,代替她做出决定。

"我们真的很害怕,要知道……你一直冒冒失失的!但是你太棒了,看看我们的儿子多漂亮。我们的小托马斯。"托马斯,这是他祖父的名字。洛朗坐在玛丽对面,怀里抱着小婴儿。他洗过了澡,干干净净的,很漂亮。洛朗轻轻地把他放在妻子的怀里。她一边看着他,一边琢磨,想要找出他和那个施暴者之间的相像之处。她仔细地观察他的手和鼻子的长度,还有眼睛的颜色、皮肤和嘴型。都太小了。现在还太早,但是,她已然确定,这不是洛朗的孩子。让娜也来了,坐在儿子的身边,否定了玛丽内心的想法,她说小托马斯和洛朗刚出生时一模一样,就像大海里的两滴水。

一名护士走进了病房。"哺乳时间到了。"玛丽不想给她的儿子喂奶,但洛朗坚决不同意奶粉喂养,在多次激烈的争吵之后,他们做出了决定,玛丽最终还是妥协了。孩子小小的嘴巴靠近了玛丽温暖的乳房,她害怕极了,攥紧了双手,感觉到不合常理,有悖常情。这个婴儿是她被强暴的结果,而她被说服,在丈夫和婆婆温柔的目光之下,任凭他吮吸自己的乳房,用舌头舔它,使它变形,用血红的牙龈咬紧它。她感到深深的屈辱。她请求所有人离开房间,让她和孩子单独待一会儿。他们没有提出任何问题,都顺从地离开了。孩子还在吃奶,玛丽的眼泪缓缓流下来,滴在了婴儿的脑袋上。孩子的无辜使她的内心变得柔软,她感到他们彼此靠近,突然心怀感激。在她人生的艰难时刻,腹中怀着这个孩子,他们仿佛一起分担了同样的苦难,是同一出悲剧的两个受害者。玛丽很想爱他。她抚摸着他的小脑袋上的金色绒毛,握住了他的几根小手指,而他,出于本能,紧紧抓着她的手,认出了他的妈妈。玛丽无法忍受自己眼睁睁看着托马斯长大。这个现在让她感到忧虑的小婴儿,将来会长成一个让她害怕的男人。真正的男人,拥有男性生殖器,男性的身体,他的双手比她的双手更有力,他的味道,他的声音,他会经历身为男人的命运,会成为一个野蛮人。如果玛丽生下一个女儿,事情一定会完全不同。她会少几分仇恨和痛苦。相反,玛丽想要保护她,全面地保护她,让她待在自己身边,使她避免遭受同样的折磨。这将成为一场隐秘的战争。玛丽的目光停留在正对着病床的一张海报上:"开始您的母亲生涯,优雅而从容!"人们为妈妈们提供了身体和心理课程,关于

隐　痛

个人发展,讨论新手父母的角色,学习恢复会阴的功能,以便在分娩之后尽快恢复性生活。

敲门声打断了玛丽。"很抱歉,但是到时间给孩子换尿裤了。如果可以的话,我想给您示范一下。"玛丽把孩子从她的胸口移开,他在她的身上吐出一小口奶,她又闻到了那种泛酸的味道。护士小心翼翼地抱紧婴儿,将他裹在一个厚厚的被子里,放在了病床旁边的一个操作台上。玛丽不想看到婴儿光着身子,第一次看到他的性器那一幕曾让她心生恐惧。

洛朗进来了,还有她的爸爸妈妈、罗珊娜和她的丈夫。"天哪,他太漂亮了……我的外甥,小托马斯。"妹妹先看了孩子,然后是玛丽。很快,所有的家人都会来,在之后的几天里,这里将充斥着狂欢,没完没了地迎来送往,朋友、亲戚、同事。每个人都会对孩子大大地来一番称赞,然后是妈妈,人们会夸赞她干得漂亮。这一点让人无法理解,一切如此不公平。没有一个女人应该遭受这样的待遇。人们聚集在孩子周围,玛丽躺在床上,被排除在外,仅仅是一名普通的看客。保罗来了,还有索菲娅。现在所有人都到了。故事一刻不停地继续着,情节时而紧张,为最可怕的结局做着铺垫。此刻,香槟酒的瓶塞跳了起来。洛朗真的全都想到了。

日复一日,托马斯已经两个月了。爸爸把他的礼物挂在了婴儿车上,是一只毛茸茸的小兔子,按照一定的间隔播放音乐,婴儿注视着它,目光空洞。突然之间刮起了大风,天气阴沉起来。散步的人们沿着辽阔的诺曼底海滩奔跑起来,准备躲避即将到来的大雨。玛丽为宝宝整理了衬衫,之后,透过餐厅的落地窗,注视着波浪涌向大海。洛朗一边陪孩子玩,一边逗他说:"我看海滩得明天去了。哦,宝宝的第一次出行!我的宝贝儿子已经两个月了!"他在他的脖子上亲了一下,将他托起来,紧紧搂住,把脸埋进了手推车。玛丽对这种亲昵无动于衷,她觉得所有这些爱意的表达完全没有必要,因为从一开始,就出了错,这个巨大的谎言之所以能够继续下去,仅仅是因为家庭生活的平淡无聊。洛朗的姨妈娜塔莉终年住在多维尔,最近和她的丈夫去马提尼克度假三周。她提议他们过来玩几天,可以住在她家里，一幢位于城镇高处的豪华别墅。玛丽本想留在巴黎，但是洛朗说服她一起出发，享受诺曼底的新鲜空气。洛朗最近刚刚被任命，负责律师事务所的共同管理工作，繁杂事务使他感到筋疲力尽。

他们计划午饭后前往翁弗勒尔。托马斯该换尿裤的时候，玛丽溜走了。洛朗带着孩子去卫生间。几分钟之后，他对玛丽说："里面没有操作台，我们不如去车上换。来，你抱着他，我去结账，然后过去找你。"玛丽抱孩子的姿势仍然很笨拙，好像随时可能将他摔在地上。托马斯突然大叫了一声，洛朗很担心，他转过头，远远注视着妻子，然后转向服务生结账。

玛丽朝汽车走去。每一次不得不给孩子换尿裤的时候，她都感到害怕。她不想看，也不想碰他的生殖器。她从边缘解下纸尿裤，将它卷起来，迅速扔进一个塑料袋。她并没有用湿巾给她的儿子擦屁股，她更愿意看向别处。婴儿，正盯着她看。玛丽拎着他的脚丫抬起他胖乎乎的两条腿，将干净的尿裤固定好。洛朗过来了，他确定了一下是否一切正常。他也不知道为什么，但是他总喜欢了解一下妻子做了什么，他并不怀疑她，觉得她是个好妈妈，但是从一开始，他就觉得有必要支持她，在她与孩子的每一次接触中帮助她。

玛丽喜欢翁弗勒尔。城镇的堤岸沿着小海港建造，将港口包围起来，玛丽坐在那里，吃着巧克力华夫饼。阴天的时候，古董店里的光暖暖的,微微照亮了拥挤的小巷。即使在夏天,翁弗勒尔也带着初冬的忧郁。这是一个充满了真实气息的小城镇。洛朗推着婴儿车往高处走,玛丽在一排陈列着艺术品的橱窗前慢慢踱步,一个古典风格的泥塑吸引了她的目光,雕刻着一个裸体女人,正在被一个男人扇耳光。她停了下来,以便近距离地观看。洛朗走到她的身后,把脸靠在她的锁骨处。"太有诗意了。而且,有时候就是要这样。"他笑嘻嘻地开着玩笑。突然,孩子哭了,像是赶来救助他的妈妈。很快,他们就回到了别墅。每一天,时间都被精心地计算过,被分配、过滤、分割,身为母亲,她没有别的选择,必须服从孩子的需求。就这样,又一个白天过去了。

一束强烈的太阳光穿透了卧室的窗帘。玛丽睡得不好,昨晚轮到她照顾孩子,夜里宝宝醒来了三次。洛朗躺在她身边,睡得很沉。昨晚,他们一边看电视,一边喝红酒。孩子躺在童车里,当着孩子的面,洛朗试图抚摸她的私处,她的乳房,但是他知道什么也不会发生。玛丽一点也不想和丈夫做爱,分娩以后,她的欲望完全蒸发了。洛朗简短地和保罗谈起过这个问题,保罗建议他等一等,给妻子一些时间,再恢复正常的性生活。他为此而努力着。玛丽有时能听见丈夫躺在床上,在她身边自慰。她听见他的呻吟声,无意识地将他勃起的阴茎靠近她

隐 痛

的臀部,试着慢慢分开她的双腿,早上的时候,她有时会发现留在床单上的精液的痕迹。当他欲望特别强烈的时候,她会同意为他口交,或者转过身去,这样,在他进入自己身体的时候,她就不必忍受他的目光。

洛朗起床之后,在厨房里找到了她。孩子还在原来的地方。玛丽为早餐准备了鸡蛋。"今天天气棒极了。下午晚些时候,我们去海滩?"玛丽同意了,但她没有表现出任何热情。她并不想去,她什么都不想做。有时候,她暗自想,她的丈夫还要过多久才能意识到她出了问题。可能永远也不会。他为自己戴上了一层面纱,全心全意爱着自己的妻子,一点也没有意识到她的绝望。她掩饰起自己的忧伤、愤怒,同时因为不得不掩饰自己而痛苦。几星期之后,她就要回到银行重新开始工作,她无法忍受一整天独自和孩子待在一起。事实上,大部分时间,她把他放在摇篮里,独自留在客厅的地毯上,或者房间里,只是在喂奶和换尿裤的时候看他一眼。她仅给予他最低限度的照顾。晚上的时候,爸爸会把孩子缺失的爱补偿给他。仅此而已。

洛朗给托马斯穿好衣服以防日晒,又在他的脸上和胳膊上涂抹了防晒霜。玛丽在婴儿车上支起一把很大的阳伞。他们做好准备往海滩走。洛朗热情高涨,感染了玛丽。全家一起出行的想法,第一次让她感到些许兴奋。然而,很快,一个来自内心深处的声音提醒她,这只是表面现象,只是一个类似于她愿意相信的某个广告画面的假象。玛丽放弃了比基尼,她宁愿给自己买一件连体泳衣。怀孕期间,她长胖了二十五公斤。现在仅仅减掉了八公斤。她厌恶自己的身体。身材完全走了样。大腿和臀部上脂肪过多,皮肤松弛,乳房下垂,腹部和胯骨上还留着一道道长长的泛白的妊娠纹,分娩过后,子宫没有完全收缩,肌肤干燥,因为缺乏睡眠而倍受摧残。过去,她很苗条,对自己曼妙的身材、光滑的皮肤充满自信,只需要轻轻解开围在腰间的轻纱,然后跳进水里,现在,她却不得不躲在一条浴巾后面,脱掉她的长裤和T恤衫。洛朗站在她面前,旁若无人地脱掉外衣。他古铜色的身体,肌肉发达,从未遭受过任何磨难,与十五年前并无二致,甚至还要更美好。"我马上去游泳,很快回来。"离他们很近的地方坐着一群年轻姑娘,看着洛朗冲向大海,向玛丽投去同情的目光。这头肥硕的母牛怎么会搭上这么迷人的先生?玛丽从背包里翻出一些糖果,在她们的冷嘲热讽下,将彩色的巧克力豆大把大把地往嘴里塞。托马斯开始小声哼哼,他的妈妈讨厌听到这种危机来临的信号。婴儿的口水流到了他的衬衫上,脚丫拍打着小推车的边缘。她不得不把他抱在怀里,突然之间,投向她的目光发生了变化。一位年轻妈妈。终于,一切得到了解释。体型变化了,这是自然而然的。冷言冷语不见了,善意和友好的微笑取而代之:"哦,好可爱呀,他多大了?"玛丽一边干巴巴地答话,一边用一只手遮挡住孩子的脸,似乎想要将他隔离,不想让他享受到太多的恭维。

洛朗回来了。玛丽把孩子递给他,独自去游泳。注意力立刻转移到另一方。洛朗此刻成了焦点。她一个人,沉默着,走向大海,先让脚尖着水,接着是双脚。水温不太高。她迅速用双手淋湿了颈背,又把小股的凉水浇在大腿和腹部上,然后,将整个身体浸入水中,慢慢远离,离岸边一定的距离,不再听得到孩子们在海边玩耍的喧闹声。海浪静静地将她带走,使她不必再忍受岸上的喧嚣。她的身体变得轻盈。她已经记不起自己有多久没有独自游泳了。她伸展开四肢,向后仰头,直到海水将她的耳朵完全淹没。痛苦暂时被抛开了。她很想随波逐流,漂往一个陌生的空间,醒来以后置身于另一种人生,与她的人生所不同的另一种人生。哨声响起。她游得太远了。救生员使劲示意她往回游。玛丽把头伸出水面,以蛙泳的姿势回到岸边。

她局促不安地踩在沙滩上,一上岸,几乎被训斥,被责骂。她找了找他们的遮阳伞,但是没有看到。不过,她很确定,他们就在离淋浴区不远的地方。她往前走了走,发现了不久之前盯着她看的那群年轻姑娘。她们坐在沙滩上,修长的双腿环绕着洛朗和托马斯。一个金发女孩,小麦色的皮肤,大概还不满二十岁,坐在她丈夫身边,在同伴的注视下,高声谈笑着。洛朗也正看着她，面带微笑。"你们还好吗？我打扰你们了吗？"洛朗朝妻子抬起头，问她游泳游得怎么样。年轻姑娘们四散而去。玛丽的浴巾被她们坐在下面，满是沙子。她径直把它拎起来，甩了甩。沙子被扬得到处都是。"快停下，你看不见吗，沙子到处都是，会迷了他的眼睛！"她还在继续。洛朗使劲抓住她的胳膊。玛丽最终停了下来。洛朗把宝宝放回了婴儿车，愤怒、不解地看着妻子。她对他的愤怒视而不见，把头转向一边。他们准备离开的时候，那些年轻姑娘在远处偷偷跟洛朗告别。婴儿啼哭起来，他饿了。他们必须尽快回到别墅。

明天，假期就要结束了。不久之后，玛丽将回到银行重新开始工作，再次面对她的同事和客户。白天，宝宝会待在日托中心，直到晚上，他的妈妈去接他。洛朗开着车，车速很快。他突然转过头，朝玛丽笑笑："你已经很久没有为我吃醋了……总之，我还挺喜欢的……"他的手离开汽车的变速挡，放在了妻子的大腿上。她很想直接反击，但最终还是把自己的手放在了他的手上，以此避免另一场争吵。他们之间的这一次亲密接触是几个月来唯一的一次。托马斯在后座上小声哼哼着，突然，爆发出尖锐的喊声。他的爸爸妈妈感到很奇怪，这是他第一次这么做。洛朗温柔地从后视镜观察他，玛丽转过身看着他，仔细盯着他看了一会儿："有其父，必有其子。"

婴儿吃尽了苦头，此刻在检查台上大声哭闹着，双脚使劲乱蹬，双手紧紧攥着身体下面的床垫。玛丽穿着一条漂亮的黑色连衣裙，很显腰身，洛朗穿着西装，裁剪分外考究。刚一见到这对父母，看到他们精致的衣装，儿科医生着实吃了一惊。"看起来确实还有问题，但是比起上次要好多了。治疗进行得很顺利，阴茎的感染症状差不多都没有了。孩子运气不错，当时看来极有可能要严重得多。"洛朗特别专心，聚精会神地听医生讲话，连他面部最微小的细节也不放过，生怕漏掉医生的哪一条指令。玛丽望向窗外，但很快又回到了对话中，她知道这是她的错，尽管如此，对于发生在儿子身上的事情，她并没有真正感到与自己有关。

　　三周以来，律所的工作使洛朗疲惫不堪，每天晚上，他很晚才到家。玛丽不得不再次推迟回去上班的时间，在家里照看托马斯，同时等待日托中心的名额。他们很久以前就提交了申请，但是九月已经过去了，其他的新手父母比他们早好几个星期就已经出现在等候名单上了。玛丽不得不终日独自照顾儿子。她并不是每天都给他洗澡，不得已的时候才给他换尿裤，变质的奶味从他脖子上一层层的肉褶里散发出来，为了掩饰这种味道，她给宝宝涂上婴儿霜。每晚九点左右洛朗到家的时候，宝宝安睡在摇篮里，满是薰衣草的香味，爸爸在儿子的额头上轻轻一吻，第二天早上七点接着出门上班。

上周六晚上，玛丽打算和索菲娅外出吃饭。洛朗很开心，终于能够留在家里照顾儿子，与儿子单独相处让他感到兴奋。出门之前，玛丽为宝宝换好了尿裤，喂过了奶。十点左右，宝宝突然开始大哭，濒临窒息，身体变得滚烫。他出了很多汗，浑身湿漉漉的，皮肤不再红润，面如土色。接着，慢慢闭上了眼睛，呼吸越来越急促。洛朗立刻给妻子打电话，告诉她尽快去急诊室会合。玛丽出门之后关掉了手机。她直到午夜才赶到。医生的诊断很明确："先生，显然是因为疏于照顾。您的孩子已经有好几个星期没有按时洗澡和换尿裤了。我估计得有一个月了。感染已经深入肛门了。我给孩子做了检查，两根肛瘘都需要外科治疗和抗生素治疗。他的阴茎也开始感染了，因为之前没有好好清洗，特别是在清洗时没有露出龟头。据我判断是包皮龟头炎，也就是说龟头和包皮部位有炎症，我们先试着药物治疗。"

"疏于照顾"这几个字重重地击打着洛朗的心。他如坐针毡,这样的诊断令他震惊。手机响了。妻子来电话了。她刚到医院。洛朗谢过医生,向他保证自己会完全按照医生的要求去做,他会格外小心。他说,他们初为父母,没有育儿经验,还要整日工作,疲于奔命,还没有完全学会如何照顾一个婴儿。医生深表理解,叮嘱他要细心呵护宝宝。他开了药方,有好几种药,约好了下周复查的时间,以监测治疗的进展。

楼道里响起了一阵高跟鞋的声音,一个女人,匆匆赶来。"结束了吗?很抱歉,我的手机没电了,回家以后……家里没有人,我害怕极了。医生怎么说?托马斯怎么样了?"那些表达惊恐的词语,从玛丽的嘴里说出来,听起来格外虚情假意。她朝宝宝走过去。洛朗让她离婴儿车远一点,他说,托马斯累了,最好尽快回家休息。回家的路上,洛朗沉默不语,双手紧握着方向盘。玛丽今晚喝了不少酒,尽情地和索菲娅谈笑风生。她分外轻松、兴致勃勃,还不想一下子跌落到现实中,重新回归家庭生活,那种几个月以来,她一直默默忍受的压抑、令人伤心的家庭生活。洛朗不知道该如何开始这个话题,玛丽的沉默让他恼火,最终,他还是挑起了战火:"必须尽快获得日托中心的名额。不能再这么下去了,玛丽。你,托马斯,还有我,都不能。你知道刚刚发生了什么?医生大概认为我们不配为人父母!他说托马斯疏于照顾,我不知道你懂不懂这意味着什么!不称职的父母,这个结论简直太可怕了!"玛丽觉得洛朗言过其实。几个星期以来,她都感到筋疲力尽,但她还在坚持照顾孩子,整日整夜。她为了丈夫的工作放弃了自己的事业,没有任何人帮忙,独自一人从早到晚地待在家里照顾孩子。现在,他却指责她不配当母亲,仅仅因为她没有好好地为孩子换尿裤,没有及时洗掉孩子胖乎乎的脖子上残留的奶液。面对妻子的指责,洛朗不再说话,他理解她。他知道面对全新的生活节奏,她已然疲惫不堪,他知道不能像自己那样继续工作,对她来说是不公平的。他将妻子拥入怀中,请求她的原谅,决定明天开始寻求新的解决方法,实在不行,就找个育儿嫂来帮助她。之后的几天,洛朗每天回家的时间都提早了一些。

她的同事们让她把孩子也带来。他们坚持要在银行外面迎接她。玛丽没有任何意愿把她的儿子介绍给大家。几个月以来,工作和生活保持着距离,是她仅有的安慰。但是他们一直坚持,她没能拒绝。她的办公室,一直干净、整洁,现在却堆放着各种送给新生儿的小礼物,都是她最忠实的客户邮寄过来的。"看,洛朗也帮了我们不少。"艾尔维递给玛丽一个金色的小相框,里面放着一张照片,是她在产科病房里和丈夫、儿子的合影。那一刻,她记忆犹新。她的心又一次碎了。18点30分,白天快要过去了。同事们准备了一场小型酒会欢迎她回来工作。"你知道吗,银行有些变化。珍妮娜离职了,格扎维埃代替了帕特里斯……"他滔滔不绝地讲述着,各种细节听得她晕头转向。小托马斯被人们轮流抱了又抱。

  玛丽感觉到她的内裤有些潮湿,大概是生理期到了。她把孩子托付给他们部门的女经理,自己默默走进了卫生间。怀孕耗尽了她的力气,她和洛朗决定暂时不要第二个孩子。玛丽无论如何也不想再生孩子了,托马斯出生之后,她立即开始吃避孕药。她感到一切变化得太快。一直以来,每一天、每一小时,在她被强暴前的最后一秒,她都向往着和洛朗一起生活,他们会生四个孩子,一起搬进巴黎的一套大公寓,甚至,他们可以买一座小一点的独栋别墅。洛朗现在收入颇丰,一切都有可能实现。还没到生理期,是她的错觉。"无论如何,刚刚几个月就回来工作……她就是不想照顾孩子,没别的理由了。生第一个孩子的时候,我有两年半没工作,留在家里教育孩子。她和她丈夫,他们肯定会请育儿嫂的,绝对的!我敢肯定,说不定他们已经请过好几个了……"玛丽听不出来是谁,只知道有两个女同事在洗手池前面聊天,指责她这么早就回来工作。她们还说,她年龄大了,面对新的销售机制,她一定会手忙脚乱,根本无法达到要求。泪水潮湿了玛丽的双眼,她的喉咙一阵发紧。她没有勇气走出去面对她们,一直等到她们离开,她才走出去。

玛丽回去的时候，托马斯还在经理的膝盖上，小腿一蹬一蹬的。她该走了。她希望自己明天精神饱满，利用周末的时间，了解银行的情况。艾尔维递给她一个很大的文件夹，是一些资料，有关她从前优质客户的近况，艾尔维特意为她分好类，打印出来。"这样，周一的时候，你就不会慌张了。"艾尔维的好意让她感动。他的微笑总是很真诚，他喜欢交叉双臂，样子显得有点笨拙，总是穿着大一号的西装，笑起来的时候略带腼腆，领带有点花哨，印有迪斯尼的图案。她很确定，如果艾尔维是她的丈夫，他一定比任何人都了解自己。

玛丽刚一回家，就接到了洛朗的电话，洛朗让她不用等了，他要和老板一起吃晚饭，谈论一个新的重要案件。宝宝躺在玩具毯上。玛丽无视他的存在，开始做饭，她用平底锅加热了昨晚吃剩的面条。托马斯哭了，他饿了。在分娩之后，她总是推迟喂奶的时间，对于自己不得不这么做一直心存厌恶。几个月之后，洛朗最终注意到了这一点。上一次宝宝生病之后，她不得不提高警惕。后来，她想出一个办法，自己用吸奶器把奶水吸出来，提前放在奶瓶里。此刻，托马斯得等着妈妈吃完面条，再从冰箱里拿出奶瓶。玛丽坐在厨房的吧台上，看着婴儿在地上爬。他比同龄的小孩要灵活得多。儿科医生觉得他特别机灵。吃完饭，她朝孩子走过去，手里拿着奶瓶。当她把孩子抱在怀里时，她尽量不和他对视太久。闻着他的味道，玛丽想要抚摸他，想亲亲他的额头，在他的耳边轻声细语地说话。但是她不能那么做。她没办法不去想那个强奸犯，没办法把他的形象从自己的头脑中赶出去。她只是勉强支撑着托马斯，让他尽快喝完奶去睡觉。之前，她不愿意花费时间给他拍嗝。现在，她不想冒险让他窒息，在医生没有告诉她之前，她从来没有想过这种危险。

　　洛朗从律所回来了。她很后悔自己没有早点入睡。酒精和新的案件会刺激他的欲望，让他再一次想要挑逗她。到时候，她将没有办法假装，她会让他用别的方法满足自己的生理需求。他们上一次做爱是在两个月以前。她任凭他摆布。丈夫在她的身体里坚持了好久，她一心希望他快些结束，然而那天晚上，他兴致高涨，把她当成了一个口袋，不断变化着体位。他把手指伸进她的口中，在她耳边说着各种污言秽语。最后一刻，他抽出了阴茎，在她的肚子上射了精，仿佛害怕留在她身体里。洛朗踮着脚尖走进卧室。他脱掉衣服，在玛丽身边躺下。呼吸里带着浓烈的威士忌的味道。他将坚挺的性器贴近妻子的臀部，盆骨慢慢地起起伏伏。玛丽嘟哝着，说自己想睡觉了。洛朗把手伸向她的私处。玛丽躲开了。最终，洛朗放弃了，走下床，离开了房间。他似乎很生气，然而，玛丽并不在意。

　　很长时间过去了，洛朗没有回来睡觉。床头柜上的闹钟指示出凌晨2点30分。玛丽起身去找洛朗。客厅里闪着一道微弱的亮光。她悄无声息地穿过长长的走廊。洛朗坐在沙发上，膝盖上放着他的电脑。光线不足以使玛丽分辨出屏幕上的图像。她慢慢走到他的身后，听见了他的声音。她懂了。洛朗正对着一部色情片，一边自慰，一边呻吟、喘息。画面中的年轻女孩，同时在和两个男人亲热。洛朗喘着粗气，双手握着勃起的阴茎。他两腿分开，头微微后仰，靠在沙发背上。玛丽就在他身后，看着这一幕，她目瞪口呆。洛朗和其他男人没有什么分别，从来就没有。他只是个普通男人，一有需要就扑向他的妻子。"女人就这样一动不动，像抽水马桶一样，任凭男人解决他们的生理需求。"她突然想起了女作家艾尔芙丽德·耶利内克的这句话。在被强暴之前，很多年以前，她向别人借过《情欲》这本书。她记得自己并没有读完。当时，她对这本书很反感，觉得它并不客观，甚至有些肮脏，尤其是这句话。一个愚蠢的女权主义者。然而，现在事情改变了。玛丽等在那里，想看一看丈夫对着色情片达到高潮的样子。她想知道他的反应是不是和他们在一起时一样。毕竟，在遇见洛朗之前，她没有太多性经验。他克制着自己，发出一声低沉的喊叫。精液喷射在他的肚子上，手中握住的阴茎依然坚挺。电脑滑向了一边。影片还在继续。女孩穿着学生装，身上到处是精液，面对两个硕大的阴茎，跪了下来。这些画面不断浮现在玛丽的眼前。最后，她悄悄走开了，完全没有引起丈夫的注意。她将自己埋进被子里。她感觉到自己的下体变得肿胀、潮湿,开始燃烧。她夹紧了双腿,在刚刚看过了那一幕之后,她拒绝表现出一丝一毫的情欲。然而,她开始扭动身体。她把手伸进内裤,轻轻抚摸阴蒂。玛丽投降了,但是,只剩下她一个人了。他不会回来。

重新回归工作之前,还有最后的一个星期六。玛丽很开心,几乎已经忘记了昨晚的事情。洛朗迷迷糊糊地走进厨房,眼睛还没有完全睁开。"我昨晚没睡好,等一会儿我要再睡一觉。"玛丽继续翻炒着平底锅里的鸡蛋。这几天,孩子都很乖,已经能整晚安睡了。今天早上,是洛朗给他喂的奶。这也让玛丽感觉很放松,她还是无法适应照顾孩子。"巴蒂斯特昨天交给我一个新的案件。情况有点复杂,我不知道该不该接手。"玛丽喜欢听丈夫谈论自己正在办理的案件。遗产继承案通常很无趣,离婚案要有意思得多。"当事人是一个电信巨头。他的妻子提出了离婚申请,但是,问题在于,他的妻子控告他强奸未成年人。似乎,他曾和他女儿的一个朋友走得太近了。十三岁……"这是第二次,他们的人生轨迹交汇在同一个词语之上。上一次是在保罗家里。玛丽没有回应,听他继续说下去:"目前,还没有任何证据。我推测这可能是他妻子的阴谋,迫使他支付一大笔赡养费。女孩的母亲是当事人妻子的好朋友。我也不清楚……不过,他看起来不像做这种事情的人。"

"这种事情?"她再次想到了她的老板。他也并非长着一张强奸犯的脸。"你以为他们会长成什么样,那些强奸犯?肩膀上文着血淋淋的女性生殖器,脖子上挂着纳粹的标志?"听到这些过激的评论,她的丈夫很吃惊,本能地从咖啡杯后面抬起了头。玛丽也为自己的话感到震惊。完全没有经过思考。她立刻回过神来,感到后悔,自己不该口不择言。她必须重新集中精神,好好想想,下面该说些什么,以免引起丈夫的怀疑。她斟酌着自己的用词,微笑着说了一些话,使氛围缓和下来,接着,把鸡蛋倒进盘子,转换了话题。洛朗完全没有注意到。他已经忘了。

推着婴儿车走在超市的过道上,玛丽禁不住又想起了早上她对洛朗的客户所发表的评论。她觉得洛朗会意识到一些事情。陈列着维生素和膳食补充剂的货架满满当当,摆放着数百个不同种类的盒子。玛丽打算不惜一切代价减掉多余的体重,做回怀孕之前那个身材苗条、有吸引力的女人。一个老妇人在她身旁温柔地看着托马斯。她知道,每次出门,他都能成为赢家。那些问题,一成不变:他多大了,晚上睡得好不好……十来个妇女围在营养品和维生素货架周围,大部分都很胖,她们在装着减肥药丸的盒子面前停下来,抓起大罐的蛋白粉与一盒又一盒的减肥代餐,扔进自己的购物车,丝毫也不感到难为情。玛丽有些迟疑,不敢肯定这些产品是否真的有效。出现在超市的这个区域让她无地自容。在儿子出生之前,她从来没有在这里停留过哪怕一秒钟,她甚至瞧不起那些过度肥胖的可怜虫,懒惰、笨重,大概还幻想着要取悦下班回家的丈夫。玛丽在这些货架上翻了翻,从一个货架走到另一个货架。她不知道该选哪个品牌,便开始寻找自己的购物清单。什么也没找到。

这时,玛丽突然意识到,在取购物筐的时候,她把自己的包落在了商场入口。于是,她穿过蔬菜区,朝收银台跑了过去,一边跑,一边担心自己所有的东西已经被偷走了。"抱歉,您有没有看到一个包?我不小心把它落在入口处了。是红色的,皮质的。"保安人员一言不发,看了看她,立刻转过身,从一个塑料箱里拿出了她的包。玛丽如释重负。还有两天她就回银行工作了,在这个时候弄丢东西,她的记事本、手机,会让她难以忍受。她把包牢牢地挎在肩上,重新回到卖场。

在一号收银台前,等待结账的人排成了一头,玛丽的目光看向了其中一个老妇人,就是她刚刚逗托马斯玩了一会儿。孩子。孩子丢了。她睁大了眼睛,腹部一阵绞痛,脚下的空间仿佛变了形。玛丽奔跑着冲过去,惊慌失措、气喘吁吁,想要找回婴儿车和车上的孩子。人们用奇怪的目光注视着她。她回到营养品货架前,她和托马斯一起最后出现的地方。小推车不见了。恐惧向她袭来,如巨浪一般。她横冲直撞地穿过所有纵横交错的过道,朝着每一个方向,呼喊、求助。商场的一名工作人员注意到她,向她询问情况。"我把宝宝弄丢了!我不知道他在哪儿,我只走开了几秒钟,婴儿车就不见了!请帮帮我,拜托!"这是个年轻女孩,看上去是个实习生,她大步走向了收银台。

排队等待的顾客们看到两个慌张的女人,感到惊奇,竖起了耳朵,想要了解她们激动的原因。在同样惊慌失措的收银员面前,实习生抓起了麦克风:"请注意!一位母亲正在寻找她的宝宝,几分钟前他还在商场里。如果有人在货架之间看到一辆灰色的婴儿车,请您立刻来收银台告知我们,我们将不胜感激。事情紧急,恳请大家注意。我再重复一遍,一位母亲正在寻找她的宝宝……"玛丽觉得浑身没有一点力气。如果她找不到孩子,洛朗永远不会原谅她的疏忽。

通知播出之后,收银员开始继续扫描商品。一切又重新运转起来。超市老板赶来了。"我听到了播报,如果有必要的话,我们可以立刻报警……"玛丽不知道,她什么也不知道了。有人在照顾她。她僵硬、无力、惊恐万状,双手垂在空中,胸口几乎被压碎了。要么报警,要么不报。必须马上做出决定,时间正在过去。警方很快会发布孩子被抢走的警报。洛朗一定会在电视上看到。当她准备好跟经理回办公室的时候,她听见远处有人在喊:"在这儿!宝宝在这儿,在我这儿。"玛丽转过身。一位五十岁上下的女士,金色头发,身材高挑,站在收银台附近,旁边是婴儿车。她挥舞着双臂向玛丽招手。玛丽呆立了几秒钟,朝她跑过去。玛丽拥抱这个女人,全心全意地感谢她,连续两三次重复着同样的话。在简单的解释和了解了宝宝突然失踪的细节之后,玛丽重新推走了婴儿车。仅仅五分钟时间。商场里所有的顾客都盯着她。她走过的时候,一些人窃窃私语,向她投去厌恶、反感的目光。她感到羞耻,想马上离开,最终放弃了购物,什么都没有买。

　　回家的路上,托马斯对着他的妈妈微笑。"我今天差点把你弄丢了……差点失去你。"这些话意外地让她感到安慰,打破了她和孩子之间的沉默。通常,她完全不和他讲话,她更愿意保持着足够的距离,不想冒险让他们之间彼此依恋。

　　洛朗还穿着睡衣,坐在客厅的沙发上,在电脑前工作。看见妻子回来,他诧异地转过身:"你还好吗?怎么什么都没买?"玛丽一边把她的随身物品放在门口,一边思考着如何作答:"没买上,夏罗纳超市今天不营业。晚上我去巴士底的超市买。"洛朗站起来,从婴儿车上抱起了托马斯。他亲了亲孩子的脸颊,感觉到该换尿裤了。"哦,得换个纸尿裤了。"玛丽非常清楚这一点，但她还是走进了房间，打算开始仔细阅读艾尔维给她准备的文件。周一是个大日子。她终于可以回去工作了，托马斯要去日托中心，洛朗开始接手一个新的案件。一切将重新开始，宛如往昔岁月。

玛丽喜欢把孩子留在日托中心。摆脱了托马斯，她感觉舒服多了。保育员们痛快地接过孩子，简短地和她交流几句，就让她两手空空地去工作，帮她卸下了孩子这个沉重的负担。那些心怀愧疚的妈妈在离开之前会无数次地亲吻孩子，玛丽和她们截然不同，她一进去，马上就出来。"我快要迟到了。"这是她早上最喜欢说的一句话。远离了妈妈怀抱的小托马斯，在走廊里目送她。而她，早已经消失不见了。

上一次玛丽回银行是因为同事们以托马斯为名，为她办了酒会。这一次，台阶上空无一人，没有人在等她。那天，她已经注意到了布局上的一些变化。几台咖啡机被安装在等候大厅，一些长沙发代替了坚硬的塑料椅，所有的办公室都换上了玻璃门，还有一片很大的空间，从前一直封闭着，现在面向大学生客户开放。仅仅几个月，银行就变得十分现代化。

隐 痛

艾尔维朝玛丽走过来,给她端来一杯咖啡。"今天是个大日子,是不是有点紧张?"远处有两个年轻女孩一边打量着他们,一边说笑。玛丽转过头,迎向她们的目光。"哦,她们是新来的。现在,有一些项目需要两两合作……也就是新老员工的互助政策。互相传授经验!"她一点也不老,刚刚三十二岁,然而,人们却把她当作一个被新技术所遗弃的业务员,无法破译"年轻人的企业"所使用的密码。还好,她的客户们也都老了。他们拥有大量的财产和股票,年老却富有。年轻的客户通常身无分文,每个月末都面临透支,数年来只订购最基础的服务,最多不过是一张取款卡,大多数时候通过电话或者一个网络顾问就解决了。

玛丽已经预见到头几个星期会困难重重。她走进自己的办公室。办公室的玻璃门让她感到不安。像是受到了监控,那种带有恶意的监视。然而,所有人似乎都已经习惯了。她的邮箱里有几封人力资源部发来的邮件,对她回来上班表示问候,还有一些行政材料,需要她填写。她用手指滚动鼠标的滑轮,迅速浏览邮件。突然,她停住了。他竟敢这么做:"欢迎玛丽回来工作!"所有人都复制了大区经理发出的这封邮件。她的双手在键盘上停住了。玛丽试着控制自己,立刻删掉了邮件。

突然,一个年轻女孩没有敲门就走进了她的办公室,怀里抱着一堆各种颜色的文件夹,放在了玛丽的办公桌上。"你好!

我是马蒂尔德，国际贸易专业的。我们两个一起负责不动产业务。这些光盘是给你的，如果你愿意，这周我们可以找一天一起吃午饭，仔细谈谈细节问题，并且相互熟悉一下。"她说话的方式让玛丽觉得不舒服，不过，她并没有流露出来。马蒂尔德让她想起了洛丽塔，这也让她不舒服。她的屁股很翘，胸部很丰满，散发着覆盆子和桃子的香味，皮肤白皙，毫无瑕疵。她想起了丈夫看过的那部色情片，就是那一次，她撞见他自慰时，他看的那部色情片。这个女孩正是完美的人选。她突然感到一丝嫉妒。然而，玛丽表现得非常自然，接受了她关于午餐的建议，接着向她道歉，因为自己马上要开始接待第一个客户了。

她很熟悉盖尼亚尔先生，一个已经退休的老客户，热衷于小额证券交易。玛丽点击了记录客户资料的文件。屏幕上出现了错误提示。她又试了一次，结果还是一样。她站起来想去找艾尔维寻求帮助，但是艾尔维已经去见客户了。"怎么，你有问题吗？""洛丽塔"问。想到自己要向一个刚刚过完青春期的雇员求助，玛丽感到有些不自在，但还是向她解释了自己的困难。"哦，对，他们说你们以前用的是 H5 系统。但是不久之前，所有的银行都升级到了 H6 系统。那个玩意儿太慢了。别着急，我给你演示怎么操作。"银行怎么能这样，一下子做出这么突然的改变，甚至都不保留老版本，给员工们留出适应的时间？马蒂尔德一直在她的办公室里陪着她。玛丽感觉自己就像一个残疾人,每一个步骤都需要别人的帮忙,完全无法适应技术的快速变化,没有技能,也没有知识,只配被扔进垃圾桶。一个三十二岁的小老太太,需要二十二岁的年轻人来指导才能工作。

整整一天,玛丽都在同事们的帮助下度过。在漫长的产假之后,她甚至无法独立做好自己分内的工作。

今晚,他们准备看一部电影,然后早点睡觉。"第一天回去工作,还顺利吗?"玛丽向他撒了谎。她不想在工作方面被丈夫瞧不起。地铁九号线发生了故障。很久以来的第一次,她打算坐公交车。但是,当公交车停下的时候,她又改变了主意,决定步行回家。走在路上,玛丽突然想要远离这一切。她只需要给丈夫和儿子留下只言片语,然后带上几件行李,坐上一辆出租车,去往火车站或者飞机场。她知道自己暂时还不会自杀。自杀需要某种契机,在那个时刻勇气会战胜一切。现在,她还做不到。

玛丽静静地坐在丈夫身边,突然之间,她似乎彻头彻尾成了被这个社会所鄙视的那种人:百无一用的女人,懒惰、肥胖,不爱自己的孩子,想要抛弃自己的家庭,性冷淡,无法胜任自己的工作,已经老了。电视上正在播放广告,一个纸巾的广告。背景音乐是瓦格纳的作品,曲调欢快。一个女人正用一张粉红色的纸巾擦拭自己的脸颊,以此向电视观众展示这种纸巾的材质何等柔软、舒适。一束光突然照亮了她的身体,将她引向绿松石色的天空,周围白云朵朵,接着,光晕染在一束鲜花上。玛丽叹了一口气。洛朗打开了放在膝盖上的一袋薯片。"说实话,用瓦格纳来做纸巾广告,他们其实还能找到更好的。"

电影开始了。她坚持要再看一遍自己最喜欢的电影——《彗星美人》,想要第一百次见证贝蒂·戴维斯的天才表演。她一直希望自己能成为那样的女人:漂亮、能干、正直,富有激情,温柔多情,有些狂躁、傲慢和任性,同时又有点忧郁和感性。玛戈·查宁是真正的女人,唯一一个长盛不衰的人物。玛丽被电影深深地吸引了。洛朗一口接一口狂吃蘸了牛油果酱的薯片。他本想逗妻子开心,说:"这说明你还不知道怎么做女人。"然而,这个回应刺痛了玛丽的心。她攥紧了双手,泪水一滴滴流在脸颊上,感觉到这一幕是为她上演的。"她太歇斯底里了……这个男人好可怜。"像她丈夫那样的男人,最渴望的是安静。可怜的男人,面对妻子的发作,成了可怜的丈夫,不知所措,而她只是希望对方能产生共鸣,了解她的内心和思想。用智慧、身体,还有声音。男人们想要对自己的妻子负起责任,同时给她们留一些自由的空间,让她能够享受那些时髦的消遣,比如工作,或者"和闺蜜喝上一杯"。丈夫在妻子身上的权力消失了,甚至相反。然而,女人们获得了自由,突然又觉得这种自由没什么道理,不时地想要回到从前,重新获得有所依靠的温暖和舒适。

阴谋得逞。电影结束了。他们准备上床睡觉,谁都不想再评论了。也没有评论的必要了。

洛朗已经开始打呼噜。玛丽却难以入眠,眼睛盯着卧室的门。门上装了锁。但她从来没有为家里的哪一间房上过锁。一切都是敞开的,就像她办公室的玻璃门。她没有任何属于自己的私人空间。只是不断地被打扰,从来没有思考的时间。甚至在床上,还有丈夫在她身边打呼噜。孩子十分钟前就哭了。洛朗被吵醒了,僵硬地碰了碰妻子的肩膀,叫她起床。今天轮到她夜里照顾孩子了。站在地上迈出第一步简直太痛苦了!托马斯几乎光着身子,睡在摇篮里。他的连体服掉在了地板上。玛丽捡起衣服,想给他穿上。她让两条小胳膊穿过了袖子,然后固定住他的小脑袋,让他没法乱动。然而,他不停地拍打她的胸脯,用脚丫踹她的下巴。她一下子松开了手,让他倒在身后的靠垫上。孩子又哭了,但他的妈妈没有任何歉意。她只想让他安静下来。玛丽用一条绒毯把孩子裹起来,这条花格绒毯是上个月伊莱娜特意为他织的。她抱着孩子在过道上踱步,轻轻摇晃他。好几分钟过去了,每一分钟都格外漫长。她讨厌单独和他待在一起。对面那幢楼里,所有的灯都熄灭了。凌晨3点。夜深人静,伏尔泰大街上偶尔有几辆轻型摩托车行驶在橘色的路灯下。

玛丽突然很享受这一刻的宁静,她朝阳台走了过去。购买这套公寓的时候,这是她唯一的要求。她想要一个露台或者阳台,夏天的时候可以坐在外面喝咖啡。她把窗户开大。一股凉风吹来。托马斯一阵颤抖。她继续向前走了几步,怀里抱着孩子。她看了看下面。每户的阳台都很大,但是空无一人。她又看了看孩子,孩子正在朝她微笑。天很黑。所有的商铺都关着门,明天,生活还会继续。但是,以什么样的方式呢?一切必定周而复始。她解开了绒毯,把它扔在地上,轻轻把脚踩在阳台的第一根铁栏杆上,慢慢直起了身体。托马斯很安静,正在玩妈妈睡衣上的纽扣。她把孩子放在边缘处。四楼。坠落的时候,不会发出太大的声音。他的小骨头会在顷刻之间碎裂,巨大的冲击力立刻就能使他血肉模糊。他将不必再忍受痛苦,而他的妈妈,只需要把目光从孩子的尸体移开,仅比而已。然后,她可以跑下楼,永远离开,再不必回来。她想就这样了结,现在就把他扔到栏杆外面。此刻,她已经有一半身体悬在空中了,她轻轻推动孩子,让他慢慢往下滑,然后,闭上了眼睛。玛丽把手平放在孩子的肚子上,他刚刚喝完奶,肚子撑得圆鼓鼓的。这时,她听见身后有些声响。丈夫在叫她。玛丽睁开了眼睛。她立刻把孩子抱进怀里,从地上捡起绒毯重新绐他盖上。洛朗已经来到了客厅深处。他站定了一会儿,看着远处的妻子。"你在外面干什么?发生了什么事?托马斯会着凉的!快回来!"他冲向了他们俩。洛朗很想将孩子夺过来,但是她狠狠地转向了另外一侧。"让我安静一会儿!我只是想喘口气,喘口气的权利我还有吧?难道这也不被允许了?"洛朗突然不知道该怎么办了。或许,自从托马斯生病以后,他对玛丽太严厉了,因为各种问题而责怪她。玛丽怒气冲冲,大步回到房间,把婴儿放回了摇篮。

洛朗向她道歉,不该对她发脾气,不该伤害她。"我知道你是个好妈妈。但是,有时候,我感觉到有些东西变了。我们不再像原来那样互相敞开心扉了。我知道,你会说我工作太忙了,但是,你知道的……"玛丽不再听他说话。那些话就像一阵风吹过。她为自己的胆怯感到懊恼,懊恼自己每一次都不能坚持得更久一些。她无法忍受自己因为软弱而没能坚持到底。连一秒钟都用不了,孩子就会掉下去,然后,她自己翻过栏杆,也跳下去,或者下楼逃跑。然而,她没有那么做,而是再次躺在了这张床上。曾几何时,在被强暴之后,她也是躲在这张床上,苟且偷生。

洛朗开始抚摸她的乳房。他想要和解,想要和平。他觉得只有性能够证明幸福实实在在存在着。玛丽没有反抗。任他摆布。任凭他亲吻着自己,随心所欲。之后,他会忘记自己对妻子的怀疑,会忘记那一丝隐隐的担忧,那一刻,他觉得妻子正要把孩子从四楼丢下去。在内心深处,他知道他们出了问题,他一定漏掉了什么事情。但他拒绝看清,拒绝承认。灯亮了。丈夫喜欢在插入的时候看着妻子,喜欢一直开着灯。而妻子却一心想要把灯光调到最暗,并不想让丈夫见到自己虚弱的那一刻。他把手放在她的胯骨上,滑过她的腹部,分开她的双腿,然后开始抚摸她的私处。他对她的欲望让她感到反胃。她努力让私处保持干燥。她使出全部的力量让自己沉浸在企图致儿子于死地的悲剧之中,使出全部的力量抑制那种从下体奔涌而来的可耻的冲动和欲望。突然,她转过身,开始亲吻他。这让洛朗感到吃惊。从谋杀到爱情,从精液到鲜血,从欲望到死亡,肉体占了上风。洛朗的身体在她的身体之上不停地活动着,她感到自己被折磨、被穿透,已经筋疲力尽、疲惫不堪。玛丽气喘吁吁,就像一条听话的母狗。和平有什么用,如果它已经被仇恨所浸入。在洛朗和玛丽之间,和谐与安宁都已不复存在,再没有平静,再没有从容。她开始出击,向他进攻,用力亲吻他。如果一切无法停歇,此刻,她宁愿享受战争般的暴力,也不愿接受宁静带来的衰弱。入睡之前,在保持清醒的最后一刻,她的意识里最终闪过了"女人"这个词。

玛丽还是不想去日托中心接小托马斯。今天,她请了一天假,她想一个人待着,一早去逛逛商场。昨晚,她在网上查询了一番,打算买一套情趣内衣。尽管她的腰部满是赘肉,尽管她从怀孕开始就厌恶自己的身体,她还是觉得自己可以为洛朗做出一些努力,而且,他们最近的一次性生活也给了她一些信心。她想给他一个惊喜。她打算穿上一整套情趣内衣,坐在客厅的沙发上等他下班回家,到时候,她会端起一杯香槟,充满魅惑地向他走过去,在他耳边轻声细语地挑逗他。之后,他们又会像从前一样幸福。忘记所有的不快。

　　当她站在位于奥菲弗尔斯街的商场面前时,她在橱窗前呆立了好一会儿。橱窗里展示内衣的模特都太瘦了。而她,简直太胖了。没有哪一条丁字裤,能禁得住她的一条腿。她深吸一口气,走进了商场。一名售货员立刻走过去为她服务。"您好!

我想买一套内衣，漂亮一点，性感一点。"突然之间，她迟疑了。她想到了洛朗观看的色情片，并不确信"漂亮和性感"这样的结合符合丈夫和大多数男人的性幻想。导购员拿来两套蕾丝款的，一套黑色，一套紫色。玛丽拒绝了，她在包里翻找手机，借口自己遇见了急事。最后，她说自己很抱歉，承诺晚一些时候再过来。能够激起洛朗性趣的，不是这种漂亮内衣。

她再次坐上地铁，打算前往巴黎北部，毕加尔站。游客们喜欢在十八区的大街上闲逛，一直走到蒙马特高地的小丘广场，那里有很多商铺、餐厅。玛丽从来没有设想过有一天自己会住在这个区。这番喧闹，不是她所喜欢的。克利希大街上的人不多。才10点钟。然而，成人影院的常客已经在电影院前踮着脚，不耐烦地等待上午场的开始。玛丽知道在巴黎的这个角落，她不会遇见任何一个熟人。她不想去街道拐角处的那家大型情趣用品超市"桃色天堂"。她更青睐一家小一点的店，更加私密一些。距离大街稍远的地方有一家店，"性感猫咪"这几个字召唤着她。店面的橱窗里挂着红色的窗帘，上面装饰着一些亮片，这使得它看上去更像一家咖啡厅，而不是情趣用品店。她透过窗帘的缝隙，悄悄往里看，看见了收银台后面有两个女人在谈论着什么。她们看起来人还不错。玛丽决定走进去。一阵刺耳的铃声响起，就像人们在外省的杂货店入口处听到的那种声音，导购员知道有人走进来了。一阵沉默。玛丽穿着精致的休闲衬衫、锃亮的莫卡辛皮鞋,拎着大牌手袋,和通常出现在这里的顾客有所不同。她很想离开,然而,一名导购员朝她走了过来,仿佛这家情趣用品店里接待的是一位女王:"您好,女士。您有什么需要?"玛丽感觉到了她在措辞和语气上的用心,决定自己也表现得主动一些:"您好!是这样。我想买一套学生装。"又是一阵沉默。"如果可以的话,我想要纯色的套装。"

导购员把玛丽带到了商店的地下室。那里挂着数百套衣服。"我们有很多种学生装供您选择。有苏格兰风格的红色、蓝色、绿色。事实上,选择很多,不过,如果我来建议的话,我推荐红色,很适合您。"玛丽很满意。她注意到在大厅的一侧,有一个隐蔽的角落,由红色的石头砌成,闪着几束绿色和粉色的霓虹灯光。导购员向她解释,那些是自动放映室和能够看到偷窥秀的小房间。玛丽很好奇,向她打听。"就是一个女孩在小房间里跳舞,男人们在另外一边看。还有一些小间,可以观看色情片。"玛丽突然意识到男性的性欲是何等肤浅,没有任何深度。赤身裸体的玩偶们在笼子里跳舞,性感的女孩穿着学生装出现在色情片里,还有这些护士服、警察装、圣诞装、连衣裙、半身裙、吊带袜、漆皮紧身衣……她面前的这些装束,正是大部分男人在性爱中所期待的。色情片当中,或者在网络上散布的色情广告中,在99%的情况下,女性都不会完全裸露。对于天然肉体的幻想确实能够唤醒男人的欲望,然而,未必会马上使他产生付诸行动的意念。换句话说,男人喜欢迅速勃起的感觉,这会让他们获得安全感。所有这一切都可以和强奸类比。性、暴力、服从、色情。玛丽从前一直没有为强暴寻求过解释。现在,在这家性爱品商店里,她被各种与男性欲望相关联的物品所包围,在内心深处,她感到愤怒,此时此刻,在这个世界上有多少男人正在对女性实施强暴呢?并且,他们悔意全无。这时从隔间里走出来一个小老头,玛丽打量了他一会儿。他低着头,就像那些刚刚经历完性高潮的男人一样,目光空洞。他让玛丽感到不舒服。终于,那些可怕的联想中断了。她思考的事情很糟糕,理不清头绪,所有的观点都令人迷惑。玛丽的手里还拿着那套学生装,她回过神来:"好的,那么,我就要这套吧,试衣间在哪里?"导购员有点尴尬,告诉她,这套衣服只有三个号,必须先交钱,才能试衣服。玛丽买了中号。她知道迷你裙一定有点紧,但是她不想买大号。某种心理在作祟。

回到一楼之后,另一名导购员,棕色头发,长得很好看,却很胖,穿着一条对她来说过于紧绷的牛仔裤,给她推荐了配套的饰品:黑框眼镜、男性生殖器形状的棒棒糖、白色长筒袜、红色蝴蝶结发饰、振动棒。玛丽买了棒棒糖和蝴蝶结。两名导购员对她的光顾表示感谢,并且给她办了一张会员卡,在上面盖上了"性感猫咪"的印章,下一次她再来,就能享受到一笔折扣。玛丽特别满意,但是要求她们给她提供一个没有店标的手提袋。她们于是给了她一个不透明的黑色手提袋,没有任何标志。

　　回到家里,玛丽准备试穿她新买的衣服。第一步是化妆。她从来没有改变过自己的习惯。一向略施粉黛,端庄得体。但是今晚,她将变成另一个女人,丈夫招来的妓女。眼影,红唇,比平时鲜艳的腮红,头发上还别了一个红色的蝴蝶结。玛丽抓起床上的黑色手提袋,拿出了刚刚购买的物品。上衣刚好到肚脐处,还算合适。不过,她肥硕的乳房几乎垂在了肚子上,还有妊娠纹,到处都是,是她挥之不去的噩梦留下的痕迹。裙子更难穿了。腰部的赘肉几乎盖住了裙子的腰带。她看起来就像一头肥猪,或者一个异装癖,无论如何,绝对不是丈夫在色情片里看到的那种漂亮的女学生。作为最后的尝试,她系上了和上衣配套的领带。当她站在穿衣镜前时,她感到自己滑稽不堪,杵在地上,比电线杆还要重。她不知道自己的脑子里怎么会闪过如此愚蠢的念头。像她这个年纪的女人,就应该一直保持优雅的性感。衣服太紧了,她费力地解开了扣子,但是不得不趴在床上才能解开所有的带子。她转过身,试图把衣服脱下来。腰带上金色的心形装饰扣一下子崩开,掉到了地上,裙子上的细带也都被她肥胖的身体撑断了。

　　就在这时,她听见有人在用钥匙开门。她呆住了。这完全出乎意料。她一下子从床上站了起来,却不小心踩空了,裙子和吊带袜的腰带紧紧缠在了一起。门开了。洛朗在说话。她从地上爬起来,终于脱掉了一部分衣服。她轻轻走进卫生间,披上了一件罩衫,朝丈夫走去。洛朗在客厅的茶几上打开一盒寿司。一个女人背对着她,正在和她的丈夫说话,顺手从书架上取出了几本书。玛丽轻轻咳嗽了几声,想引起他们的注意。洛朗转过身,嘴里塞满了寿司。他的笑容突然僵住了。一阵沉默。洛朗几乎没认出她。"玛丽?你在干什么……嗯,我以为你已经走了。"丈夫的同伴以奇怪的目光打量她。玛丽忘了摘掉学生装搭配的领带,领带有一大截从罩衫里露了出来。洛朗看着她,面红耳赤。他决定继续说话,好让大家不那么尴尬:"我回来是因为早上我把文件落在了厨房里,我们很快就会回律所。嗯,我给你介绍一下朱莉娅,我的新同事。我们在一起办案,就是我跟你提过的那个案件。"朱莉娅很美。年轻、苗条、修长,米色的套装恰到好处地凸显了她的身材。她扎着马尾,棕色的头发衬托着小麦色的皮肤和浅褐色的大眼睛,光彩照人。玛丽僵硬地站在那里。泪水扼住了她的喉咙。朱莉娅居然在这个时候出现了,面对面看着她,而她,竟然画了如此不堪的妆容。

玛丽决定走开:"好,好的,你们谈工作吧。我自己也还有好多事情要做。很高兴认识您,朱莉娅。"当她向洛朗挥手的时候,一只长筒袜掉落在脚踝上。洛朗气恼地闭上了眼睛。出于

隐 痛

本能，玛丽将黑色的长筒袜提到了大腿上，用一只手按着它。最后，这可悲的一幕达到了顶点，玛丽发现那个阴茎形状的棒棒糖就在远处，大概是从她的手提袋里掉在了走廊上。幸好，还没有人注意到它。她迅速将它捡起来，快步走回了卧室。该卸妆了。睫毛膏在湿润的化妆棉上晕成一片一片的。走廊深处，传来了笑声。他们一定在取笑她。她再一次感到无地自容。她脱掉了衣服，看着自己的身体。这是一堆腐肉。她不该任由欲望驱使自己做出这一切。她需要隐藏，需要掩饰。今晚，玛丽得去日托中心接托马斯。时间静静地流逝着。

"必须得加把劲了,玛丽。现在这样,还远远不够。看看这张表格,您离之前制定的目标还很远。"支行里只有经理办公室的门是不透明的。没有人在意这一点,除了玛丽。对她而言,这是一种奢望。现在,工作对她来说也没什么意义了。经理那些批评就像一阵风从她耳边吹过。她甚至没有辩解。经理特意在快下班的时候才找她谈话,这就能使玛丽从当天晚上直到第二天早上持续思考对话的内容。仅仅是企业管理的一种策略。

只剩下艾尔维晚走了一会儿:"我得填好明天参会人员的表格。这次,你会来吧?"又是季度会。玛丽不会去。她无法预料再次看见大区经理会有怎样的反应。或许是出于害怕、悲伤、厌恶,或许,正相反,那个共同保守的秘密将他们联系在一起,彼此产生了共情和信任。玛丽的电话响了。"你还记得今晚我们要一起去'蓝色列车'吃饭吗？你打电话找人看孩子了吗？"玛丽只在一种情况下关心她的儿子，就是当她能够从做母亲的职责中脱离出来的时候。

每晚下班去日托中心的时候，她都会迟到。按照合同规定，她应该晚上七点去接孩子。今晚，她八点才到。一进去，她首先道歉。负责人怀里抱着托马斯，用责备的目光打量她。"很抱歉，女士，或许咱们应该修改合同，每天增加一小时的看管，这样每个人都能获得更好的安排。事实上，这个星期，您已经第五次迟到了……"妈妈们都在看她。并非同情，而是纯粹的审视。玛丽是个坏妈妈，她知道这一点。她回答说，她会和丈夫谈一谈，然后，她把托马斯抱进了婴儿车，转身离开了。透过大门，她听见了保育员的声音："孩子的毛绒玩具还没拿！"玛丽没有停步。

玛丽已经记不起来她最后一次和洛朗来"蓝色列车"共进晚餐是什么时候了。应该是婚后不久。到达之后，她猜测丈夫为什么要把一次浪漫的约会定在里昂站①的大厅里。这样一个闹哄哄的地方，经常脏兮兮的，并且，特别不适合晚上前往。一

---

① 里昂站是巴黎的火车站之一。"蓝色列车"位于里昂站内，是巴黎著名的餐厅之一，装修华丽考究。

LE MALHEUR DU BAS

段长长的弧形玻璃楼梯让人们可以从两个方向通往餐厅，蓝色的标志闪闪发光，下方是拱形的入口。突然之间，日常生活的黯淡消失在一座巨大的新巴洛克风格的建筑中。车站的玻璃穹顶由绿色的立柱支撑着，为建筑从整体上添加了古典的意蕴。玛丽永远不会厌倦巴黎的餐厅。在大厅的左侧，她看见洛朗已经坐下了。正在打电话。看见她来了，洛朗从椅子上站起来，小声对她说："这个电话特别重要，等我几分钟。你先点菜，亲爱的。一瓶普伊-富美葡萄酒，我要一份黄油鳕鱼。"她觉得鳕鱼是个不错的选择，但她还是更想点自己最爱吃的红酒焖兔肉。一瞬间，回忆涌入她的脑海。玛丽从前很乐意邀请客人来家里吃饭。她不喜欢客人来的时候自己还在手忙脚乱地做准备，所以，她总是给自己预留出充裕的时间，将餐桌装饰得分外漂亮，她会花费好几个小时在家居店寻找一些新奇的装饰品。她和洛朗结婚时，妈妈为这对小夫妻准备了全套的厨房用品和好几本菜谱。那个时候，玛丽还没怀孕。她愿意做这些事情，为了她自己，或许，也是为了她的丈夫，更确切地说，是为了让她身边的人都能了解到她的能力，知道她能为别人带来快乐，愿意为别人付出。后来，在怀孕之后，她有一次想要像从前那样，做一顿大餐。于是，索菲娅带她的朋友露易丝一起来做客。露易丝是一本杂志的政论记者，索菲娅曾陪同丈夫出席一个有关切除手术的医学研讨会，在会上，她认识了露易丝。那天晚

隐　痛

上，玛丽雄心勃勃，打算做红酒焖兔肉，这是一道工序特别复杂的菜，尤其是切肉上。最后一分钟，一切都可能乱套：馅料可能会溢出，固定兔肉的细线在烧制的时候可能会崩开，切成薄片的鹅肝可能会烧糊。酱汁也很难准备，不过一个好的搅拌机可以解决这个问题，在摆盘之后，能让一切看起来很完美。烹饪野味，总是费时费力。通常，一旦她决定做这道菜，必须从一大早就开始准备，直到晚上，完全不能停歇。玛丽看了一眼自己污渍斑斑的围裙，从那一刻起，她就知道露易丝属于另外一类人：从来不下厨的那一类人，拼命工作的那一类人。玛丽并不十分清楚自己的感觉，但是她隐隐约约能意识到自己的判断，这种判断使她恼火。露易丝卖弄着她在各个领域的学识，为了感染在场的人，故意增加说话的效果，她在厨房门口向玛丽投去看上去很友好的目光。最终，她跨过门槛，走进厨房，仿佛靠近了雷区。玛丽没有任何意愿结识这个装模作样的女人，她的穿衣打扮完全是巴黎政论记者的做派：玳瑁眼镜、男款粗呢上衣、麂皮高帮鞋。那个时候，玛丽已经是个准妈妈了，落伍、臃肿，穿着过时的衬衫，尽管经常洗头，头发还是油腻腻的。吃饭期间，从头到尾，她都在佯装轻松，强迫自己放松面部肌肉，掩藏起初次见面使她产生的厌恶感。家庭主妇的可怕真相只有当她们面对面遭遇那些身为职业女性的敌人时，才会出现。

餐厅正中巨大的挂钟响了，20点。玛丽甚至没有注意到白葡萄酒已经被放在了桌子上。菜也上好了。她不知道过了多久，洛朗才回来。"下周，我得去纽约出差，十天左右，客户妻子的律师们都在美国。我很抱歉，我知道这个时候出差可不是时候，但我也没得选。我们可以请你的父母帮忙照看托马斯，我觉得他们一定会很高兴的。而且，托马斯整天待在日托中心肯定也觉得没意思。"

玛丽没有告诉洛朗她总是不能按时去接托马斯的事情。她在想洛朗说的话。对她来说这可不是一个坏消息，一个人待着，尤其是没有孩子在身边。她对此表示同意，开心地品尝着她的菜，感受到一种久违的快乐。酱汁美味极了。肉也恰到好处。她知道丈夫不在家的这段时间，她不会去上班。她将待在家里，好好利用这段时间，什么也不干。洛朗出差的前一天晚上，她会给所有人打电话，了解情况，确保自己之后不会受到打扰。"我们必须保证没人能在我们背后耍花招。最小的失误也会导致我们一败涂地。为了这个案件，我们耗费的时间太多了。"玛丽问洛朗是不是老板和他一起去。"不，我和朱莉娅一起。"仅仅听到这个名字，玛丽的快乐就散成了碎片，奢华的装饰和精致的菜肴一瞬间都不复存在了，仿佛有人在金色的墙壁上倾倒了成吨的排泄物。污物四处渗透，到处流淌，淹没了墙面的勒脚，精美的装饰线条都不见了。不过，对玛丽而言，她并没有感受到更多的屈辱。她更愿意将注意力集中在潜在的危险上，避免自己的秘密走向暴露。如果一切不为人所知，她还可以反抗，如果被暴露出来，或许，在展开行动之前，她自己就会先行疯掉。

洛朗出差已经两天了。玛丽把托马斯托付给了她的父母。能够得到玛丽的信任，为她照看孩子，他们很开心。今天她没去银行上班，明天也不会去。她请了病假。此刻，她手里拎着一个大塑料袋，正在把所有装着托马斯和洛朗照片的相框都扔进去。当然，过几天她会物归原处。这几天，她不会再走出公寓。不必上班，她关掉了闹钟，塞满了冰箱，她的朋友们都事务繁忙，她的丈夫远在千里之外，她的家人忙着照顾孩子，她把电话调到了静音模式。玛丽再没有活着的理由了。突然，相框太沉，塑料袋破了。玻璃碎片掉在了她脚下的地板上。照片从相框中露了出来。玛丽低下头盯着看了一会儿，她懒得用吸尘器，随随便便清扫了一下。然后，扔掉了袋子，顺手把它丢在了房间的一个角落里，最后，她在沙发上躺了下来，期待着一些事情会发生，尽管明明知道什么也不会发生。她最终决定什么都不做，只是静静地感受时间的流逝。

  她已经七天没有出门了。连洗漱也越来越少，白天也待在黑暗里。洛朗每天晚上给她发送一封邮件，以此确定是否一切安好。玛丽瘦了两三公斤。她身体苍白，皮肤松弛，就像养鸡场里挤在笼子里的母鸡。家里很快就变成了一个垃圾场，又脏又乱。疲惫、浮肿的身体散发出的汗臭味附着在床单、被套上，空气污浊不堪。她的私处，没有进行脱毛，满是白色的分泌物。她不想洗澡，不想耗费一丝一毫的力气。

  从闭门不出的第三天起，她就用整个下午的时间自慰。她按照自己的意愿满足自己的需求，不同于在男人的目光下，为了迎合他，在高潮时假装出的那种反应。她依靠自己能够找到的所有药物，勉强维持精力。每天，她都会吃好几片安眠药，以便让时间快点过去。她完全与现实世界和外部世界切断了联系：不再给手机充电，唯一使用互联网的理由是和洛朗保持联系，一次也没有开过电视。她不想听见任何人的声音。大多数时间，她就待在沙发上，像蜗牛一样流着口水，脸颊凹陷，目光中流露出一个死刑犯的最后一丝期盼。

  玛丽痛苦不堪，样貌丑陋，面容和身体都备受摧残。她才三十二岁，生命就已经荒芜，有时候她感觉到她体内的血液已经不再流动，凝固在毫无力气的四肢里。她还想活下去，于是，试着把头伸出水面。没有一刻钟,她不在幻想,自己能够有足够的力气站起身来。她对着客厅的玻璃窗微笑,这幅画面让她感到心碎,她对自己万般同情,却又充满了鄙视。她一定将对爱的恐惧传到了她的腹部,她的内心深处。长久以来,痛苦一直充盈着她的内心,而她将把这种痛苦赠予她的儿子。她害怕肉体的无力,精神的日渐衰弱,还有姿态的不完美。她的一切,都表现出她的平庸,所有她为了体面地活下去所做出的努力都使她更加无力。然而,似乎她还在呼吸。这或许会持续好几年。孩子在远处哭泣。他还会重新回到她的生活中。

亲爱的洛朗：

你不知道我是谁，也不知道给你写下这封信的时候，我身处何种境遇。你并不了解你的妻子。就像你一样，我看了色情片。我坐在沙发上，电脑放在膝盖上，内裤一直脱到了脚踝，我把手指伸进体毛浓密而且肮脏的下体，再拿到嘴边的时候，我能闻到令人作呕的气味，但我喜欢这样。我不洗澡，也不刷牙。我没去上班，不说话，不整理，不做家务，不换床单，也不换衣服，没有开窗通风，没有冲厕所，没有除体毛，没有化妆，我还滥用安眠药，甚至连用过的卫生巾也不扔，我每天都叫外卖、吃快餐。我没有接触过任何人，除了有一次，就是昨天，我下楼买可乐时，和超市收银员的接触。我没有感到幸福，也没有感到不幸。我只是在等待一切过去，不想有任何情绪起伏。我终于明白,一个女人的彻底解放并不是她的精神决定的,而是她的肉体。我被强暴了。而你一无所知。我身体的每一个洞都被强行插入了,从阴道到肛门,从肛门到嘴巴,就在汽车的后座上,那个时候,你正安安静静地坐在餐厅里和你的老板吃饭、喝酒。我什么都没说。只是默默回家睡觉,忍受着身体的剧烈疼痛。我的阴道受了伤,出了好多血。而你,还继续折磨我的身体,用你粗大的阴茎和手指。托马斯不是你的儿子。是我被强奸的结果。在他出生之前,我就想过要杀死他,我故意从爸妈家的楼梯上摔了下来。在医院里,我再一次试着流产,准备用一把小刀剖开我的子宫,但是医生没有给我足够的时间,于是,我放弃了。我怀着这个被诅咒的孩子,整整九个月。我没有办法给他洗澡,是因为看到他的性器会让我感到恶心。每天你下班回家之前,我就给他涂上宝宝霜,以便让你闻不到摇篮散发的臭味。你的直觉是对的。那天晚上你看到我在阳台上,我确实正想把他扔下楼去。我从一开始就对你撒了谎,而你什么都没有注意到,你为我开脱,日复一日地为我的行为找借口,认为我疲惫、压力大。罗珊娜、爸爸妈妈、索菲娅,甚至保罗,你的好朋友,妇科医生,没有任何一个人试着去了解我。我恨托马斯。我想看到有一天他死在我的怀里。那样的话,这场噩梦就真正结束了。现在的我,受尽了屈辱和折磨,已经筋疲力尽。我曾尽我所能,做出了种种选择,依靠本能,或者理智。

  你不在家的这段时间,我花了好多时间来找乐子,我什么都不干,只想让一切过去。现在,是我的欲望决定我什么时候自慰,是我的身体拒绝或接受所谓的健康和不健康。对这种生活唯一的反抗来自我灵魂深处残存的纯洁。在布满血迹和汗液的床单上,我最终发现了一种可能性,能够真正感受到我的身体完完全全脱离了你的思想、你的判断和你的男性意志。刚刚,一个三楼的邻居来敲门。他抱怨楼道的臭味,但是我没有开门,因为此刻我觉得扔垃圾也是一种现代消遣,可以避免。

玛丽

  玛丽将这封信保存为 MLT,然后合上了电脑。一切刚刚好,她感到自己好受了很多。不过,她觉得,ML 两个字母就足够了。

公寓的门禁响起了尖锐的铃声。17点30分。玛丽还在床上。她费力地睁开眼睛,看了看闹钟显示的红色数字。她回忆起昨天晚上的事。昨晚,她用伏特加和菠萝汁调了一款鸡尾酒。喝完第三杯的时候,她记起来一小时以前,她刚吞下两片安眠药。酒精和药物混合在一起,使她晚上六点就陷入了沉沉的睡眠。她站起身来。头晕。想吐。门铃声还在继续。人们总喜欢打扰她。她没有收拾房间。通过走廊的时候,她踩瘪了一罐橙汁。黏糊糊的液体在地板上流淌。她用脚踢开了好几个油乎乎的快餐盒,扶着墙一步一滑,走到了门口。洛朗收藏的所有汽车模型,都掉在了地上。散了架的小零件四处滚动,掉进地板深深的缝隙中。玛丽还没有完全睁开眼。安眠药的药效还很强。最终,她把胳膊肘支在门口的玄关上保持平衡,成功地抓住了门禁的听筒。她知道自己一定吐字不清,就等着对方先说话。

"玛丽,是妈妈!"她的妈妈把宝宝带来了。玛丽双手放开了听筒。妈妈大喊着让她开门。她机械地按了一下按钮。身体摇晃着,向前,向后,向各个方向,就像暴风雨中的一叶小舟。她没有任何理由,也没有一丝一毫的力气去斗争,为自己辩解,或者清理房间。她的大脑远没有足够清醒。一切也都来不及了。此刻,她只想躺下。玛丽回到客厅,把剩下的比萨扔到了地毯上。

很快,她听见了妈妈进门的声音。"玛丽,你在哪儿?"接着,是沉默。玛丽很想睡觉。她感觉到妈妈忧心忡忡。托马斯在婴儿车里,发出一些声响。"发生了什么?你……你得透透气!玛丽,告诉我!"伊莱娜摇晃着女儿毫无生气的身体,眼睛四处张望。玛丽告诉她,自己昨晚吃了安眠药,现在药效还没过。妈妈站起来,拉开窗帘,一扇接一扇打开了所有的窗户。新鲜空气很快充满了整个公寓。空气流通了。伊莱娜开始收拾房间。她把地上所有的垃圾捡起来,扔进手里的塑料袋。"我给你冲一大杯浓咖啡让你清醒清醒。"玛丽听见了流水声。她的妈妈扶着她站起来,把她所有的衣服都脱下来。她的大腿上还留着血迹。耻骨很脏。腋下散发出浓浓的汗味,充满了整个卫生间。内裤上满是黄色和白色的痕迹。伊莱娜拖着她,让她浸入热水中。玛丽的手上满是污垢,黑色的指甲紧扣着母亲瘦弱的双臂，伊莱娜使出全部的力气终于使女儿进入了浴缸。玛丽闭上眼睛，后脑勺靠在浴缸的边缘。她的面部凹陷、浮肿，表情痛苦，就像一个整个冬天都流浪在外的老太太。"放松。妈妈来了，我来收拾房间，照顾托马斯。今晚，我就待在这儿。"

　　厨房里，伊莱娜把所有的餐具集中在洗碗槽，准备放进洗碗机。她其实并不了解她的女儿。她记得玛丽从小就是个神秘的女孩。当她还是个孩子的时候，她从来不撒谎，但是只有在人们正面向她提问的时候。玛丽的父亲也是如此。这时，伊莱娜的手机响了。她离开堆满垃圾的厨房，回到客厅。是洛朗："我联系不到玛丽。有点担心。一切还好吗？她和托马斯都在家吗？您和他们在一起吗？"伊莱娜做出了肯定的回答，让他放心，告诉他一切都好，没什么好担心的。他明晚回来。她有时间把一切都打扫干净，在回去之前照顾好女儿。伊莱娜注意到客厅的角落有一堆摔碎的相框。她收起洛朗和托马斯的照片，放在了柜子上。"我忘了把它们放回去。"玛丽站在母亲身后。大滴的水珠从她湿漉漉的发梢流下来。"如果你愿意的话，明天再跟我解释。现在先去睡觉，否则你会摔倒的。"玛丽双脚拖着地面，走开了。她丝毫也不感到羞愧。只有很少一部分女人是真正敢于挑战世俗的，她们消极，不愿意社交，并且敢于承担这种后果。随心所欲发生在男人身上似乎更自然一些，甚至很有诗意。女人这么做却被认为是违反天性和伦常的。

在这短暂的一周里,玛丽感到很骄傲,她成了新一代女性,除了取乐什么都不做,什么都不在乎。伊莱娜继续清理女儿留下的满室狼藉。托马斯还待在他的婴儿车里,远远地看着她,闷闷不乐。他见证了自己的出生所导致的灾难,却又无能为力。

玛丽休息好了。她去戴高乐机场接丈夫回家。来自纽约的飞机准点到达。门终于开了。洛朗和朱莉娅一起走出来。他们肩并肩走在一起，说说笑笑。玛丽感觉到怒火在她的身体里升腾，双手握紧了婴儿车的手柄。小托马斯裹在天蓝色的被子里，很安静。洛朗看到他们很开心，立刻朝他们走过来。他先走向儿子，然后转向了妻子。朱莉娅和他保持着一段距离。"我去坐出租车。"洛朗提议开车送她回家，她礼貌地拒绝了。她不愿意长时间和这对重逢的夫妻待在一起，悄悄和洛朗打过招呼就离开了。走的时候，朱莉娅和她的丈夫似乎交换了一下眼神，一种奇怪的眼神，就像在夜店里，看见陌生人，低垂着眼睛，笑容有些尴尬。

一上车，洛朗就开始向玛丽讲述他的经历。回到家，能够和她、和托马斯待在一起，不必再忍受和客户没完没了的商务

隐 痛

晚餐,让他感觉舒服多了。伊莱娜昨晚留在她家里照顾她。两个女人并没有交谈。玛丽没有为自己辩解,她的妈妈也不敢问她这些天究竟发生了什么。洛朗终于回来了,一切又恢复了正常。

自从玛丽再次回到银行上班以来,她年轻的同事马蒂尔德的办公室第一次空无一人。"小姑娘已经生病一周多了。没人知道怎么回事。"玛丽决定给她发一则消息,按照第一次见面时马蒂尔德留给她的手机号。马蒂尔德不在,让她有点不知所措。几个月来的每一天,马蒂尔德都在帮助她,帮她熟悉银行投入使用的新设备,完成新的目标,协助她应用自己在学校学到的新的市场策略。今天早上,她的缺席让玛丽感到无法忍受。

玛丽的手机在她的手里震动着。又是罗珊娜。昨晚,妹妹给她发了三条消息,玛丽没有时间,也没有意愿回复她。罗珊娜想知道洛朗回去之后是否一切安好。如果玛丽需要帮助,她就在玛丽身旁。她的最后一句话听起来就像是临别赠言:"你愿意的话,就给我打电话。我永远在。爱你!"妈妈一定跟罗珊娜说了自己的状况,说了当她送托马斯回家的时候看到的一切。公寓里到处都是垃圾,玛丽瘫在沙发上,嗑了安眠药,全身脏兮兮的,精神涣散。她的家人已经有所察觉了。大部分人认为随着时间过去,秘密会更加安全,这种想法是错误的。最开始说谎的时候,人们是警觉、敏感的,专注于最微小的细节,那种稍一疏忽就会毁坏整栋大楼的细节。通常,人们会毫无察觉,但是,慢慢地,总体的逻辑在其他人的头脑中建立起来。一桩桩、一件件,他们开始重构故事,看到了当中的前后矛盾,依靠那种最终被证实是正确的想象力,将剩下的部分还原出来。玛丽赶走了这些想法。在这部电影里,她不是观众,从头到尾什么都无法掌控。她是女主角。是知晓一切的受害者。她永远也不会让她的故事大白于天下。现在,还不是时候,她不会失去一切。

18点。今晚洛朗去日托中心接孩子。玛丽利用这段时间在马真塔大道上散步。雨水打湿了她的外套。她把雨伞落在办公室了,生活在巴黎这是个大错。小商铺都还在营业。她打算去为洛朗买一份上好的牛扒。她将做一道黑胡椒牛扒,再准备一份烤土豆。正要走进一家鲜肉店的时候,突然,她的目光停留在大街的另一侧,街角一家小酒馆的露天座位上。"您要是不进来,就把门关上!"肉店老板洪亮的声音吓了玛丽一跳,她砰的一声关上了门,所有的客人都吓了一跳。她走向其中一张桌子。在电暖气的光亮下,玛丽看见了马蒂尔德,她在银行一起工作的年轻同事。马蒂尔德正瘫坐在椅子上。玛丽几乎

隐　痛

认不出她了。她的目光空洞，毫无生气。玛丽就站在她对面，离她的桌子仅仅几米远。她完全没有认出玛丽。她将杯子里的酒一饮而尽。看到她现在的状况，玛丽猜测那一定是一杯烈酒。马蒂尔德穿着在银行工作时穿的衣服，但是它们皱巴巴的，布满了污渍。头发在脑后随意地扎成了一个高高的发髻，被雨淋过，湿漉漉的。她笨手笨脚地抓着侍者的衣服不放手，让他再帮自己点一杯威士忌加可乐。侍者回答说，她不能再喝了。马蒂尔德咒骂起来。玛丽慢慢朝她走过去，小声和她打招呼。年轻姑娘好像不认识她了。玛丽走向旁边的一张桌子，坐下来和她说话，问她发生了什么事情，自己能不能帮上她的忙，她为什么不来上班。好几分钟过去了，马蒂尔德认不出她，一直在说胡话，觉得她幼稚，把她当作一个什么都不懂的老太太，在酒精的作用下，胡言乱语。玛丽想帮助她，最后还是决定放弃。这不是合适的时机。她正要离开的时候，马蒂尔德抓住了她的衣袖。她的脸上闪过一丝光亮，很快又眉头紧皱。泪水一滴滴流下，使她的面孔变得扭曲。她抽泣着，双手在颤抖。"男人为什么要对女人做这样的事？我什么都没做，什么要求都没有！我本来在银行很开心，你知道的……和你一起工作，我还算有用……现在，我宁愿死也不想再回去！永远也不想！"玛丽惊呆了。四肢变得僵硬。她再也坐不住了，她的下体开始疼痛。仿佛再一次回到了那个晚上。同样的天空，阴暗、潮湿。

她也是在他的车上被强暴了吗？她也遭受了同样的残暴吗？持续了多久？她有没有挨打？所有这些问题，她都没办法问出口。没有建议，没有指导。玛丽觉得她有责任，她已支离破碎，体无完肤。可怜的姑娘一定是被同一个男人强暴了，以同样的方式。马蒂尔德松开了玛丽的衣袖，又喝了几口酒。玛丽走到吧台结账，接着，扶起了这个身体瘦弱的年轻姑娘，把她的手臂搭在自己的肩膀上，一直走到酒馆对面的出租车停靠站。她一点也不重。他强奸她的时候一定不太困难。对他那样强壮的男人来说，这不过是孩子的游戏。

马蒂尔德在出租车上睡着了。到达公寓楼下的时候，玛丽扶她下了车，一直陪她走到家门口，以确保她安全到家。马蒂尔德住在一间三十五平方米左右的单身公寓里。公寓充满了异国情调：年轻、活泼、生机勃勃。玛丽看着她倚在沙发上，疲惫、憔悴，牛仔裤上污渍斑斑，脏乱的头发散在橘色的靠垫上。马蒂尔德和她周围的背景格格不入。一切再没有什么意义了。

玛丽悄悄走到门口，轻轻关上门，回到了出租车上，开始往家走。这是她的错。如果她当时对她的上司提出指控，他就不能再继续作恶了。在酒吧的红色光线下，马蒂尔德凌乱的目光，饱经苦难的面孔，呼吸之间浓浓的酒精味，所有这一切，本可以避免，永不发生，如果不是她如此软弱的话。她永远也不能原谅自己。玛丽坐在出租车上，呼吸困难，身体蜷缩，再也无法忍受雨刷器没完没了、单调的噪声,还有雨水不断打在挡风玻璃上的声音。"停车。我就在这儿下车,我想下去走走!"司机拒绝停车,向她解释,他们正行驶在大路上,不能停车。汽车还在行驶中,玛丽就打开了车门。司机只好紧急刹车。玛丽将二十欧元扔在仪表盘旁边,激动地下了车,走在歌剧院大道上,远离了司机的叫骂声。凄风、冷雨,打在她的脸上,唤醒了她。加尼叶歌剧院的墙面照亮了大街的每一个角落。地铁口挤满了人,从早到晚,吞进,又吐出成千上万的乘客,地铁站里,地下的墙壁破旧、狭窄,缺少通风。玛丽一路走过去,被拥挤,被推搡,摇摇晃晃,好几次差点摔倒。她希望人们弄疼她,希望人们因为她的沉默而惩罚她。她经受的苦难还不够,付出的代价还不够。

回到家里,玛丽在过道上看着丈夫和儿子一起在地毯上玩耍,画面很温馨。她脱掉了上衣,笑着走向洛朗,洛朗转过身说:"你今天怎么忙到这么晚……不过,别担心,我做了晚饭。今晚,我们吃鸭里脊和多菲内奶油烤土豆!"刻意营造的幸福,隐藏着剧毒,就像法西斯的宣传画,用家庭中刹那间的欢乐和幸福,轻而易举掩盖了灾难和不幸。

饭后,洛朗在房间里哄小托马斯睡觉。就像每天晚上那样,玛丽在他面前装模作样,在儿子入睡之前,亲吻了他。她趴在摇篮上,盯着孩子看了一会儿,孩子小声哼哼着,费力地把小胳膊伸向她,玛丽没有任何表示,回到了客厅。

洛朗调了两杯基尔酒放在茶几上,这是玛丽最喜欢的开胃酒。他想告诉她他有多爱她,多么感激她为家里的日常生活所做的一切。玛丽微微一笑。她了解他,下一步,他就该挑逗她了。饭后的一杯酒就是他抛出的信号。她知道丈夫受到了打击。他不想背叛她,不想和他的同事朱莉娅有亲密关系。一个人刚刚和自己的伴侣有了第一个孩子,这样做太复杂,也太冒险了。他抚摸着玛丽的屁股、胸,还有私处。她觉得他动作粗鲁,然而,她就像往常一样,没有拒绝。她再次想起了马蒂尔德,想到了她被上司强暴的方式。他一定用同样的方式恐吓她,用了同样的手段。洛朗的手慢慢伸进了她的内裤。他的阴茎变硬了,就像一条狗,依靠着嗅觉辨认出路,寻觅着她潮湿的体味。年轻的马蒂尔德可能会变成一个酒鬼。洛朗把她推倒在沙发上,将几根手指伸进了她的嘴里,轻轻按住了她的肩膀。马蒂尔德才二十二岁。他插入了。他们的腹部碰在一起,发出很大的声响。洛朗呻吟着。玛丽还在思考。她的大腿摩擦着沙发,皮肤有些刺痛。马蒂尔德完全迷失了。洛朗抽出了阴茎,插进了玛丽的嘴里。她本该和马蒂尔德讲讲自己的经历。阴茎顶着她的喉咙,加快了运动。她含在嘴里,吮吸着,放松,再用力,用舌头轻轻舔着胀大的龟头,他的体液和她的唾液混

隐 痛

合在一起。他还不想射精,还想坚持一会儿。他用舌头舔着她潮湿的性器,她不愿意完全除掉的阴毛,被他吞进嘴里,又吐出来。无论如何,第二天马蒂尔德应该吃避孕药避免怀孕。她使劲握住他的阴茎,用力摩擦,尽量向下低头,以便躲起来,不让他吻到自己。她应该陪着她,成为她的朋友,她信任的人,她的人生导师。长长的喘息声响起,他射精了,射在她身上,就像他喜欢的那样。白色的黏液流在她的乳房上,一直淌到了她的肚子上,就像堵塞的水龙头里喷出的最后一股水流。洛朗停下来了。每次丈夫碰她,她都会停止呼吸,现在,她终于可以正常呼吸了。玛丽站起身来,而他,还在气喘吁吁,享受如期而至的高潮。

　　她们只是一个洞。一个巨大、柔软的空洞。一片潮湿、罪恶的荒芜之地。男人,如同上帝,在中间开出一条道路。

保育员用怪异的目光注视着她，尽管玛丽这次很准时。她给托马斯系好了婴儿车上的安全带，在妈妈们的交头接耳中离开了。洛朗全身心投入了律所的工作，家里的事几乎帮不上忙。他每天早出晚归，周末还要把文件带回家工作。玛丽觉得他和朱莉娅在一起的时间比和家人还要长。托马斯在婴儿车里哭起来。他的安抚奶嘴丢在了路上。所有的行人都转过来看着这对母子。他们在想是什么样的妈妈任凭宝宝一直哭闹，不闻不问。玛丽把自己的手机拿给他，他终于不哭了。宝宝好奇地摆弄这个闪光的东西，但是，几秒钟之后，就把它扔在了地上。手机掉在马路上，摔成了几块。玛丽一下子发起火来。她从地上捡起那些塑料小块，放进包里。然后，向儿子弯下腰，轻轻抓住了他，没有人注意他们俩。托马斯被一条绒毯包裹着，玛丽的指甲陷进了绒毯里。她紧紧握住他的双手，直到他的脸

隐 痛

因为疼痛而扭曲。她面朝婴儿车，保持膝盖着地，把头伸了进去，双手向上移动，握住托马斯的脖子，使出了更大的力气。她打算现在就勒死他。不会有路人注意到一个婴儿被扼死在自己的小推车里，他们会以为他只是睡得很沉。托马斯的呼吸加快了，徒劳地摇晃着两只小手挣扎着。他的妈妈更加用力地用一只手勒着他的脖子。他已经开始窒息了，双眼通红。玛丽还没有停下来。孩子胖乎乎的脖子陷进了靠枕里。两只脚丫轻轻蹬着婴儿车的垫子。玛丽把一根手指伸进他的嗓子里。婴儿立刻吐出了奶。

玛丽慢慢松开了手。托马斯喘着气，咳嗽了几声，费力地吞咽着口水。她不能这样，不能这么做。这太残忍了。她的衬衫上沾满了汗水和泪水。孩子再次冲着她微笑，她面对孩子倒下了，动弹不得。周围没有人经过。她看着她的儿子。他为自己还活着而感到幸福。只有他的妈妈希望他消失。玛丽费力地站起身来。她的动作笨拙、局促，完全无法依靠本能的力量。她迅速地用手背拍了拍上衣。落叶飘散。她看着它们飞上了天空，摇了摇头。她无法保持平衡，无法双脚着地，再也迈不动步子，在紧张和悲伤之下，双腿没有丝毫的力气。玛丽朝一个公共长椅走去。这些绿色长椅由几根木板拼成，干燥开裂，很容易挂住人们的衣服。在巴黎，这样的座椅到处都有，以至于没有人会注意它们。玛丽家就正对着一张长椅。每天早上，她从家里的窗户看过去,都能看见一个女人穿着套装独自坐在那张长椅上。大约 8 点 30 分,她会起身离开。此刻,玛丽自己也坐在一张长椅上,慰藉着她的孤独。真正的悲哀莫过于此,让你切实地感受到一种彻彻底底的无力感。她已陷入绝境,悲伤足以将她击败,将她打垮,让她俯首称臣。她失去的一切,无论什么,终将去而不返。一个男人的巨大身影立在她的面前,阴森、恐怖。普通意义层面的男人,性别层面的男人,雄性。她的下嘴唇破了,鲜血滴在了白衬衫上。在刚刚那场战争中,她的儿子抓伤了她,他奋力抵抗,使他的妈妈无法坚持到最后。孩子们在旁边的小广场上玩耍。表面的宁静不时地被孩子们的欢呼声和哭闹声所打断,这一刻,玛丽明白她已经开始行动了。她坐在长椅上,转过头,俯视着孩子的脸,眼神中充满了忧伤,在这几秒钟之内,她渴望与他和解。"对不起。"

托马斯在自己的房间里睡觉,避开了他的妈妈,远离了危险。玛丽已经有好多年没有真正看过电视、听过广播了,即使偶尔读读报纸,也是因为大学生们冒着雨在地铁口推销《20 分钟》,她不得不买。她的生活很闭塞,完全远离了时事和新闻。她只是听客户们讲一讲在这个越来越糟糕的世界上新近发生的事情。他们一心只讲那些坏消息,没有一个人想让她保持好心情。

隐 痛

她倚在客厅的沙发上,背靠着羊毛靠枕,一边翻杂志,一边扫了一眼电视新闻的标题。丈夫的面孔出现在屏幕上。玛丽立刻站起来,从地毯上拿起遥控器,调高了声音。洛朗在巴黎司法大厦的广场上,被五十多台摄像机包围着。准确地说,他几乎靠在了大楼的一根立柱上,胳膊夹着一摞厚厚的彩色文件,正在回答记者的提问,语气坚决、自信、轻松。他经常对妻子说,想要成为一个好律师,首先要把正义看作一出盛大的戏剧,每个人在剧中都有自己的角色,而他,将永远扮演同一个角色——胜利者的角色。"在这起离婚案件中,庞斯先生的财产分割显然是主要问题,对于几天以来,媒体大肆渲染的相关指控,我的当事人无可奉告,目前没有任何依据,只是无稽之谈。指控出现在这个特殊时刻,显然对庞斯太太更有好处。"洛朗没有说出"强奸"这个词,甚至连"侵犯"也没用到。玛丽在沙发边上站了一会儿。在她的丈夫介入之后,这则报道很快就结束了,接下来的主题是今年秋天气温居高不下,令人担忧。她走进厨房,给自己倒了一杯酒,把胳膊肘支在吧台上,想了很久,想到了洛朗掩盖事实的方式,还有今天日托中心的女人们,以及一些客户对她的评价。

半小时之后,她听见丈夫回来了。他似乎很累,呼吸急促,把大衣挂在门口,疲惫地脱了鞋,然后停了下来,在走廊里一动不动,接着,就像一台累坏了的机器再次发动起来,走进厨房,来到玛丽身边。"我快要死了。没完没了的一整天……这些记者太讨厌了,简直就像丽蝇一样。巴不得有人活不下去!"他拿起吧台上的那瓶酒,从碗槽里取出一个杯子,倒满了酒。玛丽盯着他。"这是真的?"

洛朗放下杯子,眉头紧皱,就好像她提出了一个既愚蠢又不可思议的问题。他感到不解。"他真的强奸了那个女孩吗?他女儿的同伴,他是不是侵犯了她?"沉默,再一次的沉默,无休止的沉默。洛朗低垂着眼睛,对妻子说,他累了,他回家是想安静,不想再被这些问题骚扰。接着,他发火了。面对他的愤怒,玛丽保持着冷静,一连好几遍向他提出了同样的问题。洛朗已然耗尽了耐心,他开始咆哮,面红耳赤。他不明白她为什么不依不饶。玛丽说,她感到丢脸,所有人都对她指指点点,因为她的丈夫在为强奸犯辩护,在日托中心、在银行,她都能感觉到,现在,她需要一个最终的、诚实的回答。"你真的想知道?是的,他做了。当这个女孩和他的女儿在他家里度假的时候,他强奸了她。你现在满意了?高兴了?"

洛朗的回答使玛丽震惊。他知道他说得太多了。他的忍耐达到了极限。他压低了声音,说:"他昨晚才向我承认。我还没有和负责这项指控的律师交流过,但是,你知道,我只负责他的离婚案,强奸的指控,与我无关。我甚至没有权利跟你谈论,我应该遵守职业道德。不过,我没想到,这个案件对你有这么大的触动……"玛丽继续保持冷漠。她冷冰冰地打断了他,让他重复他的客户向他承认的事实。洛朗感到不自在,但还是向她坦白了一些细节:"他告诉我说,那天下午,他有点喝醉了。那个女孩从假期一开始就不停地挑逗他。后来……他也不知道怎么回事……最终,他失去了控制,和她发生了关系。他说一开始她是自愿的,但是几分钟之后,她开始反抗。"洛朗沉默了。玛丽很吃惊,盯着他,简直无法呼吸,等他说完后面的经过。"他没能停下……开始强迫她,最终强奸了她。好几次。"

洛朗感到羞愧,低下了头。玛丽的眼里充满了泪水。洛朗把一只手放在她的手臂上。她粗暴地推开了他,手碰到了吧台。一只杯子碎了。玛丽彻底爆发了。他向她道歉。他解释说,在接这个离婚案之前,他并不了解当事人的情况。否则,他根本不会负责这起案件。现在,他进退两难。玛丽试着控制她的歇斯底里,但是她做不到。她抓起了窗台上的瓷花瓶,朝丈夫扔了过去。洛朗头一低,躲开了。她用各种难听的话侮辱他,叫他混蛋、野蛮人,说他为强奸幼女的罪犯辩护,是魔鬼律师。玛丽没办法让自己停下来,她的手碰到什么,就把什么朝洛朗迎面扔过去。他不停地躲闪,最终,扑向了她,制止住她。他大叫着,让她冷静下来。他抓住她的胳膊,用自己的大腿按住她的大腿,使她躺在地板上。她更加用力地喊叫,使出全部的力气来反抗,甚至朝他的脸上吐口水,试图用膝盖磕他的腹股沟。最终,他使劲扇了她一巴掌。妻子的反应让他害怕,他松懈下来。一阵沉默之后,他退让了,向她道歉。无论如何,他不该打她。这是第一次。疯狂达到了极点。玛丽还躺在地上。托马斯醒来了。走廊里响起了哭声。婴儿监护器在餐桌上振动。"去看看你的宝贝儿子。既然你那么喜欢强奸犯。"

玛丽精神病患者一般的神色和阴森的笑容让洛朗感到害怕。此后,无论在怎样的情况下,即使是后来经历的那些幸福时刻,他都无法忘记这个笑容。还有那一记耳光,以及妻子躺在地上,面部带着伤痕。还有最后那句话,就像一个谜,他害怕再次引起愤怒,全然没有勇气追问。算了,就这样吧。他站起来,用衬衫的袖子擦掉了玛丽吐在他嘴角上的口水,去看孩子了。她知道结局将近。她无法确切描述自己是如何意识到的,只是,就在今晚,某些事情改变了方向。

周二早上,马蒂尔德回来上班了。她离开了三个多月。在马真塔大道的酒吧偶遇过她之后,玛丽从来没有给她打过电话,也没有打听过任何关于她的消息。玛丽害怕再见到她。对于她被强暴,玛丽表现得缺乏共情,这一定会引起这个年轻女孩的怀疑。整整一天,玛丽尽量避免撞见她。她知道有一些工作她们必须合作完成,但她宁愿等马蒂尔德来找自己。

玛丽无法忍受她的手机在口袋里一直振动。这是两天以来罗珊娜第五次给她打电话来了解情况。罗珊娜总是向她问起同样的问题,是否一切都好,小托马斯怎么样,洛朗被媒体关注的事件有没有进展。但是她并不谈论玛丽和妈妈之间的事情。"我不做评论。人难免堕落。"这不是堕落。玛丽,和马蒂尔德一样,她们不曾堕落。她们没有沉迷于毒品、酒精,或者卖淫。她们没有离开巴黎,甚至连银行都没有离开,即使那个侵犯她们的人一直在这里工作。她们只是不再提起,继续生活,在有序、优越的日常生活和舒适的生活习惯中,掩藏起自己所遭遇过的不幸。正是她们生活的环境,造成了她们的失败。玛丽被困在所谓的"幸福婚姻"中。这是她一度期望拥有的。与她深爱且欣赏的男人在一起,拥有一段真挚的爱情。洛朗曾经就是这个男人,后来成了她的丈夫。接着,她想要孩子。托马斯就来了。为了保全这份很多人一生无法企及的幸福,她做出了种种努力,有没有哪一天,仅仅出于诚实,她将为此而感到后悔?那可能会毁掉三个人的生活。对马蒂尔德而言,情侣生活是另外一码事。她告诉过玛丽,她和现在的男朋友相处了几个月,但是她有时会和学校里的另一个同学约会,她和他一见钟情。她打算离开男友,开始一段新的关系。她时常被什么人吸引,然后陷入一段恋情,直到放手。接着,再一次被吸引,重新开始一段恋爱,再一次放手。马蒂尔德这一代年轻女孩时常纠结在两种完全不同的爱情观当中。一方面,她们会抓住机会享受情侣关系之外的性生活,利用每一个有利的时机更换伴侣,最大限度地享受自由。但是这种无拘无束也会让人产生相反的意愿。很多人最终会害怕这种自由,或者意识到这是一种过度的自由,为了保护自己免受这种自由的伤害,她们会付出巨大的努力去寻找真爱,过分地渴望永远幸福、忠诚的婚姻。这有点像玛丽给顾客推销的全套银行产品。根据方案,他们会在

隐　痛

家里收到一张银行卡，一本支票簿，一份保险合同，甚至一个毛绒玩具，以此表明在银行和客户之间，一段美好和亲密的关系即将开始。马蒂尔德曾向她表示，自己某一天会结婚生子。或许，她的肚子里已经有一个孩子了？

　　银行关门了。一切安静下来。一部分照明设备熄灭了。灯光不再闪耀。放置着复印机的办公室不停地被外面的霓虹灯照亮。走出这间办公室的时候，玛丽的偏头痛经常发作。天刚开始黑，将近 18 点 30 分，她刚刚复印了一些合同，准备第二天拿给客户签字。就在她集中精神检查那些文件的时候，突然感觉到有人在她身后。她的胸口感到一阵撕裂的疼痛。她听见了呼吸声，感觉到入口处有一个影子，倒映在白色的墙面上，正在慢慢变大。玛丽继续从巨大的机器里取出文件，把它们堆在一侧，假装将它们分类，以此赢得时间。她的双手开始颤抖。骤然响起的声音使氛围更加紧张。厚厚的一叠纸掉在了地上。她没有回头，低垂着眼睛，看向了右侧。她立刻开始寻找一个利器或者重物。什么也没有。她感觉到她的心脏快要停止跳动了，几乎无法呼吸，完完全全被恐惧所吞没。黑影离复印机越来越近。一只手抓住了那摞纸，把它们放回了架子上。一只女人的手。玛丽转过身。"抱歉，我还在复印，另外一台机器坏掉了。"她的面色苍白，嘟哝着一些无法分辨的词语。马蒂尔德走近了她，把一只手搭在她的肩膀上，问她是不是不舒服。玛丽转向她，直视着她。她们的脸靠得很近。目光交汇在一起。她的气息，扑面而来，带着清新的水果香，那是她的香水味。一种优雅的香味，带着花香，味道醇厚，混合着西柚、山茶花和香草味，整个银行都闻得到。玛丽有些吃惊，她的胳膊伸向还在工作的打印机，试图保持清醒，就像人们在陷入噩梦的时候，强迫自己醒来那样。

"我……我刚刚吓了一跳。我没想到是你。"马蒂尔德的目光没有离开玛丽。她身体前倾，轻轻地把手放在了玛丽的脖子上。她的皮肤开始冒汗。眼睛里闪着光。泪水模糊了她的视线。马蒂尔德把脸贴近她的脖子，小声对她说："是我，只有我。"玛丽闭上了眼睛，感觉到马蒂尔德不再靠在她的肩膀上。她的气息渐渐远离，不再清晰。这时，马蒂尔德的双唇轻轻贴在了她的嘴唇上。玛丽没有闪躲，回吻着她，搂着她的腰，彼此紧紧拥抱在一起。她的欲望苏醒了。一切都很温和，远离了危险，充满了默契。每一个动作都很温柔，她的身体接受了这美好的一刻。这个身体，不再是女人的身体。仅仅是一个身体。既是女人，也是男人。没有年龄，没有性别，没有负罪感，没有愤怒，亦没有痛苦。这一刻，在这两个女人之间，一切都消失了。玛丽感受到很久之前她作为少女的欲望。那时候，晚上睡觉之前，她避开别人的目光，抚摸着自己的身体。内裤潮湿，私处收紧，散发出体液的味道。十四岁，她的身体发出召唤，她体验到最初的欢愉。那时,除了玛丽自己,没有任何外部存在能够侵入她的秘密花园。

当她睁开眼睛的时候,马蒂尔德慢慢离开了她的身体,只有双手还放在她的头发上。她们没有更近一步。这个吻,是一个承诺。马蒂尔德希望玛丽能够保持沉默,就像她最擅长的那样。玛丽答应了。马蒂尔德一边看着她,一边走出了大厅。她们彼此对视了一会儿,寻找着对方的目光。这可不是在大街上偶然遇见的老妇人。而是一个二十二岁的年轻女孩,被强暴过,或许也怀上了施暴者的孩子。这个秘密很安全。沉默是她们的王,直到永远。这两个女人面对着它,屈服于它。却再也不会谈论它。

自从上一次争吵，玛丽和洛朗的关系一直没有改善。丈夫几个月以来一直受理的离婚案件正在接近尾声，据媒体报道，尽管他的客户受到了强奸未成年人的指控，依然有机会收回四分之三的财产。正义并不存在。性行为中不存在，社会生活中也不存在。不过，这几个星期以来，玛丽想了很多。她的轻率让她感到后悔。她想改变目前的状况，修复他们的关系，承认是自己的愤怒伤害了彼此的感情。她向洛朗解释自己的反应过于激烈，对于这些日子洛朗所遭受到的误解，所承受的痛苦和所面对的愤怒表示抱歉。她原谅他动手打了她。也原谅他接手办理了这个案件。她希望一切能回到从前。

银行快要下班的时候，玛丽给洛朗的办公室打了电话，约他晚上去西岱岛上他最喜欢的餐厅吃饭。洛朗感到很吃惊。他不理解玛丽为什么突然改变态度，但他还是同意了。他也希望事情能恢复秩序。罗珊娜负责照顾小托马斯，以便玛丽和洛朗可以有时间独处。一段时间以来，罗珊娜一直想为玛丽做点什么，她很高兴自己能帮上忙。

这个月，玛丽成功地减掉了两公斤。为了与洛朗和解的这次晚餐，她在拉法耶特购物中心买了一件价格不菲的黑色连衣裙。直到第二次在家里试穿的时候，她还不敢剪掉标签，害怕最终发现不适合她。洛朗在卫生间里做准备。她喜欢看他穿上衣服，梳理头发，喜欢香体露的味道，还有剃须刀与皮肤接触时发出的有规律的声音，喜欢看着洗手池边溢出的水轻轻波动。有时候，她觉得他们之间的亲密，足以让她立刻坦白一切，不必迟疑。她应该全都告诉他，从头开始向他讲述自己的状况和经历，还有她所承受的煎熬。好多个月以来的疯狂、谎言，还有想要了断的绝望和尝试。然而，玛丽没有勇气。她沉默不语，默默帮洛朗系好领带。他看着她，深情款款。今晚似乎比以往任何时候更加深爱他的妻子。"你太美了，亲爱的。我爱你，你知道我有多爱你吗？"他紧紧地拥抱着她，亲吻了她，深深地嗅着她的味道。玛丽僵硬地站在那里，最终让自己放松下来，她不想在今晚丈夫第一次和自己亲热的时候就将一切搞砸。

罗珊娜到了，怀里抱着一大堆玩具、糖果和薯片。洛朗和玛丽并肩出现在过道里。"你们两个都棒极了！我穿着运动服，没法跟你们比，不过，我也会和我亲爱的小外甥一起度过一个很棒的夜晚！"罗珊娜朝托马斯走过去，抱起了他。她一边逗他玩，一边把脸贴在他的小脸蛋上，然后，又在他的额头、小手和小脚丫上温柔地亲了几下。出租车来了。洛朗和玛丽最后一次同孩子和妹妹告别，走出了公寓，去往餐厅。

　　自从他们搬到这里，这是第一次，洛朗握着妻子的手一起下楼。玛丽感觉自己回到了二十岁。回忆瞬间袭来。洛朗看她的眼神仍旧让她怦然心动，就像他们第一次在学生派对上见面一样。有时候，时间过得飞快。有时候，日子却分外漫长，时钟仿佛停止了一般。她长了皱纹，变得衰老、沧桑，看不见的苦难在她的脸上留下了痕迹。但是今晚，出租车车窗上反射出的影子让她感到满意。金色的头发轻柔地披散在肩头，黑色的低胸连衣裙很美，眼部的妆容分外精致。她能感觉到。至于洛朗，他一点没有老。每一天都比前一天更帅一些。西岱岛到了。晚上，巴黎的"摇篮"尽情释放着它的美丽。塞纳河水倒映出建筑物墙面的每一个细节。巴黎圣母院在远处守卫着，保护着附近的区域。洛朗最喜欢八月份在这里散步，炎热笼罩着司法大厦的时候，再吃上一份"贝蒂荣"冰激凌。

　　餐厅里坐满了人，但是并不吵闹。每个人都很注意分寸。领班把他们带到预订的座位上。玛丽看着远处停泊在塞纳河

隐　痛

上的驳船。置身于她如此深爱的巴黎美景,她能在这里坐上好几个小时。灯光闪耀,这番美景让她心醉。她感到喉咙发紧,看了看她的丈夫。她很想向他坦白。他爱着她。她不该继续向他隐瞒。洛朗握着她的手,也被深深打动了。一名侍者打断了他们,为他们点菜。"两份精选套餐。还有一瓶凯歌香槟,我妻子的最爱。"

玛丽微笑着。但她忍不住想到了洛朗的客户。某种程度上,是那个强奸少女的罪犯在为他们买单,他向洛朗支付了一大笔酬金。玛丽立刻赶走了这个想法。接着,她又想起了马蒂尔德的吻。纷乱的思绪交织在一起。她控制着自己,做了一个鬼脸,然后保持微笑。洛朗什么都没有注意到。晚餐还在继续。

罗珊娜坐在沙发上摇晃了一会儿托马斯,接着,站起身来,把他抱回了房间。托马斯很快就睡着了,但她还是把婴儿监护器拿到了客厅。今晚,她打算看一部电影,但是不知道该选哪一部。每次问到丈夫的意见时,她总是感到失望,因为他总是推荐她看那些美国大片。算了,她直接在网上搜索了一下电影目录,发现了一些感兴趣的东西,打算下载下来。她到处看看,想找到姐姐的电脑。不在客厅。她走进了玛丽的房间。电脑就放在窗户对面的写字台上。她把电脑拿到了客厅。屏幕亮了。需要输入密码。玛丽告诉过她,所有的电子设备玛丽都用同一个密码。她的名字,妹妹的名字,还有妈妈的名字,再加上她的出生年份,中间没有空格:"MarieRoxaneIrène1980"。罗珊娜觉得这个密码并不安全,很容易被破解,但她不想让姐姐着急,所以没有告诉她。十几个窗口同时打开着。她一个个地关上。"亲爱的洛朗,你不知道我是谁,也不知道给你写下这封信的时候,我身处何种境遇……"罗珊娜忍不住一口气读下去。一个个词语在她眼前飞过。她停不下来。措辞越来越激烈。她读得太专注,完全没有停顿,以至于眼睛都疼了。她的心碎了。肺部快要爆炸了。她猛地关上电脑屏幕。情不能自已。现在,一切都清楚了。她小声抽泣着,呼吸无法平复。感到惴惴不安。最终,她意识到这一切真的就发生在姐姐身上。她感到窒息,于是将窗户大开。对面楼的男人在跟她打招呼。这让她心生厌恶。电脑还放在沙发上。她回到客厅,将玛丽的信又读了一遍。还是一样的震惊。这封信,怎么可能是姐姐写的?措辞太用力,粗俗不堪,极度危险,脏话连篇。一头发情的野兽,用垃圾堆砌的句子。谋杀自己的孩子,欺骗自己的丈夫和家人,还企图自杀。没有什么理由能为这些行为辩解,强奸也不能。孩子是无辜的。再不能让她处心积虑地计划这样一个邪恶、致命的阴谋了。她必须要找姐姐谈谈。玛丽必须把实情告诉洛朗,否则,就由她来告诉。

上甜点了。奶油青苹果、杏仁手指泡芙、蛋白柠檬派。一切都很完美,晚餐、环境,奢华而优雅。餐桌下面,洛朗的腿轻轻贴着玛丽的腿。

一切再度恢复了正常。"我们很久没有一起度过这样的夜晚了。你知道吗,有一段时间,我以为我就要失去你了,我的妻子不见了。"是时候了。她该告诉他。在这样的环境下,他一定会控制自己。他会为妻子感到难过,甚至同情。"但是现在,一切都结束了。一切又像从前那样了,什么都没有改变。我依然为你疯狂。"她不能这么做,太困难了。

洛朗没有留给她机会,让她说出真相。他结了账,准备离开。玛丽在前台请服务生为他们叫出租车。洛朗拒绝了,他还想继续享受这个美好的晚上,和妻子一起在塞纳河边走一走。这样的夜,不该这么快结束。前台的服务生为这对夫妻真挚的爱情而感动,不矫揉造作,完全没有孩子气的爱情。玛丽答应了,穿上了她的外套。夜色温柔,他们走走停停,寻找着逝去的欢愉。爱情再次降临了。

罗珊娜用了好几个小时的时间在姐姐的电脑上寻找其他的证据。一封信,某些蛛丝马迹,一张照片,一封邮件,被隐藏或删除的上网记录。什么都没有。除了这封信。她不知道当这对夫妻回来的时候,她该如何应对。是该假装什么都不知道,还是相反,一下子在洛朗面前说出一切?罗珊娜一会儿惊慌失措,一会儿试着保持理性。她握着手机,想给妈妈打电话,想把一切都告诉她。最终,她觉得这是个糟糕的主意。最好再等一等。她坐在椅子上,思考了一会儿,又站起来,向托马斯的房间走去。孩子睡得很沉。天花板上的音乐灯还在旋转,在卧室白色的墙面上投射出一百多颗亮闪闪的小星星。罗珊娜踮着脚尖,慢慢弯下腰,静静地趴在小床的上方。她细细观察宝宝的每一寸肌肤,想要有所发现。从鼻子到双手,从眼睛到脚尖。她竟然找不到任何相似之处。罗珊娜感到羞愧。为她自己的行为感到羞愧。洛朗是不是孩子的父亲并不重要,她爱她的外甥。永远爱。她决定回到客厅。已经过了12点。玛丽和洛朗很快就要回来了。她觉得冷,恐惧使她大汗淋漓,衣服都湿透了。她的双手汗涔涔的,没有办法正常活动。身体早已脱离了灵魂。这时,电话响了。玛丽留言告诉她,他们一小时后回来。她再也无法坚持,感到自己生病了。她觉得恶心,往厕所跑去,想把吃下去的奶酪薯条全吐出来。但是太晚了。一摊摊泛黄、发红的黏液落在了地板上。罗珊娜靠着墙,倒下了。眼泪一滴滴流在了脸颊上。她从厨房找出一个塑料袋。迅速地把消化了一半的食物收拾起来,扔进袋子里。一阵浓烈的味道弥散开来,又酸又臭。她再次想起了妈妈的话,就是把托马斯送回家的第二天,从玛丽家走出来之后对她说的那些话。

隐 痛

"我甚至在厨房的地板上发现了呕吐物和沾满血的卫生巾。"

  凌晨2点。罗珊娜睡着了。玛丽轻轻叫醒她。"亲爱的,你就在家里睡吧,但是别睡在地板上,我把沙发展开。"罗珊娜睁开眼睛。看见姐姐的脸突然出现在她面前,她吓了一跳,一下子站起来。玛丽很吃惊,不明白发生了什么事情。她的妹妹神色慌张,说话声音很大,用目光寻找着自己的手提包和其他物品。"不,我必须走了。我还有……我必须……我明天有好多事要做。我真的要走了。"洛朗在过道里拉住她,让她至少再等一会儿,等他为她叫好车再走。罗珊娜拒绝了,说她看见大街上有一辆车。她已然惊慌失措,彻底迷失了,全然不知道自己应该以怎样的态度面对玛丽,她迅速穿上大衣,从挂衣钩上取下了自己的围巾,她使了很大劲,围巾一下子从墙上掉下来,接着,冲向楼梯,逃走了。

  笔记本电脑合着,放在地毯上。玛丽低头看见了它。一秒钟的时间。一个念头闪过,她记得电脑应该在卧室。但她立刻转移了注意力,跑进走廊,赶上妹妹,嘱咐妹妹还要像往常一样,回家以后给她发信息报平安。罗珊娜不理她,继续跑着下楼梯。

  洛朗和玛丽都醉了。他们喝了一瓶香槟,一升红酒,还有好几种餐后酒。他们都没有意识到发生了什么。灾难即将来临，幸福和酒醉给他们预留了一些时间，作为缓冲。洛朗倒在沙发上。玛丽在他身边躺下来。他们彼此紧挨着，睡着了，从容而平静，满怀着对未来的信心。

今天早上，玛丽的神经细胞受到了严酷的考验。银行里挤满了顾客。透过办公室的玻璃窗，她能看到小窗口后面等待的队列。昨晚，她和洛朗喝掉了一整年的酒。她想不起来回家以后具体发生了什么，脑子完全混乱了，但她还记得妹妹的行为很奇怪。妹妹坚决不愿意住在她家里，借口自己第二天有重要的事情要做。她大半夜跑下楼梯，甚至没有提前叫车，也没有告诉玛丽她是否平安到家。玛丽端起杯子，一口气吞下了溶化在水里的阿司匹林。与此同时，她拿起电话呼叫妹妹。依然是语音信箱。刚刚9点，也许今天早上她还没来得及开手机。玛丽给妈妈打了电话。也没有人接听。这让玛丽有点担心，她决定给朱利安发一封邮件，以确定一切正常。

客户一个挨一个，接连不断。马蒂尔德几乎不再来她的办公室了。玛丽想见到她，想感觉到她在自己身边，几次约她一起吃午饭,马蒂尔德都通过邮件拒绝了。借口她休息得太久,有一大堆工作要做。玛丽没再坚持。她大部分时间都和艾尔维在一起。在等待下一个客户的间隙,艾尔维来到她的办公室告诉她,他今天要早走一会儿。玛丽很吃惊。五年来,艾尔维从来没有一次在晚上七点以前离开银行。"是我的妻子。今晚,她想和我一起出去吃饭,只有我们两个,我答应了。"玛丽做了个鬼脸,问他会不会又有阴谋,是他的妻子和女儿再次密谋的狡猾、恶毒的伎俩。"早上出门之前,我把西茜的笼子放在邻居家了。安全起见。结婚二十年了,我了解她,那个科琳娜。"

13点。午餐时间,银行的栅栏门正在关闭。透过沉闷的声响,玛丽听到了妹妹的声音。玛丽确定,就是她。她走出办公室,走向中间的窗口。"玛丽,你有时间一起吃午饭吗?"罗珊娜看起来很疲惫。眼皮耷拉着。玛丽了解她的妹妹。她知道一定发生了什么。"你怎么了?昨晚为什么要走?而且回到家也没有给我发信息。你知道的,这是我们的惯例。"罗珊娜没有回答。她似乎想从玛丽周围找到些什么。玛丽感到不快,再一次坚决地问她究竟发生了什么。

姐妹俩最终决定吃午饭的时候再开始讨论。梅洛餐厅是一家位于布列塔尼街和档案馆街拐角处的小餐厅,这里两年来一直为玛丽预留着一张最里面的桌子,每天中午她都可以使用。玛丽进入银行工作的时候,她中学时的男朋友乔纳森经营这家餐厅已经有五年了。一路上，罗珊娜一句话都没有说。漫步在巴黎的大街小巷，即使彼此之间不说话，也没什么要紧的。这座城市，足以填补人们的沉默。行人们对着电话大声说话，汽车的喇叭声不断响起，商贩们与顾客讨价还价，只要有几缕阳光，露天咖啡座就挤满了顾客，脚步声从不停息，马路上永远生机勃勃。在巴黎，没有谁是孤独的。

玛丽不敢询问，她耐心地等待妹妹先开口。罗珊娜低下头，把叉子伸进盘子里，用叉子尖翻动着里面的几块肉。玛丽转向柜台召唤服务生，想管他多要一些芥末来搭配牛排。她感觉到自己的一条手臂被重重地按住，于是，转过身来。罗珊娜此刻直视着她的眼睛，身体微微朝前，向她倾斜。"我全都知道了，玛丽。昨晚，我在你的笔记本电脑上读到了那封信。"玛丽沉默不语。玛丽本能地保护着自己，开始反击，质问她，她说的是哪一封信。"我本来想在你的电脑上找部电影看一看。有一个文件，名称是 MLT。在那封信里，你清楚地解释了托马斯不是洛朗的孩子，而是……总之，我读完了。我知道你发生了什么。必须要跟洛朗说清楚，你没有权利这么对他。"玛丽盯着她看了一会儿。罗珊娜的最后一句话铿锵有力。回声震耳欲聋，让人无法忽略。难以言喻的愤怒在她身上蔓延开来，甚至于，让她想要伤害她的妹妹。玛丽很想掐死她，好让她闭嘴，想在她的喉咙上插一刀。或者，仅仅回到从前，删掉那个文件。她一直没有勇气这么做。那封信是唯一的证据，证明一切真实地发生过。她没办法把它删除。她清楚地记得自己写下那些话的时刻，肉体和精神都混乱不堪。独自在家。癫狂、肮脏。到处是自己的血，甚至屎尿。罗珊娜永远不会懂。她的妈妈背叛了她。担心或者不担心，都不再重要了，从今天起，她的家人将开始与她为敌。

"你一无所知，根本不了解发生了什么。我拜托你，别说出来。我现在还不想告诉他，这对他来说太残忍了。我不能这么做。"罗珊娜不肯罢休，列举出种种理由来说服她说出真相。她滔滔不绝，没完没了。每句话都让玛丽浑身难受。她同情的目光让她反胃。她想让她立刻闭嘴。罗珊娜告诉她，她已经没有选择，必须说出真相。"强奸"这个词最终从她嘴里说了出来。玛丽想把盘子迎面扣在她脸上。让红酒酱汁在她憔悴的面孔上流淌，让所有的食物都堵塞她的鼻孔，直至使她窒息。她将倒在地上，再也无法开口说话。玛丽用一只手紧紧握住妹妹的手腕。她握得太紧了。前臂一阵痉挛。她恨不得碾碎她的骨头。玛丽慢慢离开了她的座位。她并不想在餐厅出丑，她把脸贴近妹妹的脸，使劲扭动妹妹的手腕。罗珊娜微微呻吟，看向玛丽的目光中夹杂着惊恐。玛丽决定出击，她没有放手，压低声音，斩钉截铁地说："现在，你听好了。洛朗什么都不会知道，因为你什么也不会告诉他。这是我自己的事。是我被强奸。

隐　痛

我从一开始就想走出来,我必须要摆脱它。我不需要像你这样的傻瓜来给我讲道理。我再也不是从前的我。那个温柔的小可爱住在她漂亮的公寓里,和她亲爱的丈夫一起做橙子蛋糕,过着美满的小日子。现在的我,无所不能,你知道吗?你不知道,你什么都不知道!"生平第一次,罗珊娜对自己的姐姐感到害怕。她的声音改变了,语调、动作、措辞,都改变了。玛丽说得对:她不再是原来的她。罗珊娜猛地抽出她的手腕。玛丽重新坐下来,准备结账。这是一个威胁,一个简单的威胁。条理清晰、逻辑通畅。罗珊娜拿起椅背上的衣物,一言不发,走出了餐厅。玛丽还处在这次对质带来的震惊中。她从来没有和任何人这样讲话。她的双腿在餐桌下抖动。祸根已经种下,有人知道了真相。

她感到头脑混乱,想一个人待会儿,让自己平静下来。今天她只剩下两个客户要见。她还有时间在春天温暖的阳光下走几分钟,散散步。她盯着圣殿公园里坐在秋千上玩耍的孩子们。曾经,她也是个孩子。天真纯洁、无忧无虑,急不可待地想要长大,看清生活对她的安排。这时,有人朝她吹口哨。是道路另一侧的几个工人,他们一边笑,一边看着她走路。她面向他们,停了下来,高昂着头,目光坚定。他们一下子安静下来。就算他们朝她吹口哨,羞辱她,亲吻她,甚至强暴她,玛丽也不会改道。

洛朗睡得很沉。就像每天早晨那样，玛丽躺在丈夫的身边，听着他有节奏的呼吸声和不时响起的鼾声。她身体发烫，终于病倒了，焦虑导致了生理反应。她的身体颤抖得厉害，以至于吵醒了洛朗。"发生了什么？你生病了？"她回答说她很冷。洛朗温柔地将她搂在怀里。下意识地将手放在了她的私处。他从身后抱着她，身体紧贴着她，手指慢慢伸进了她潮湿的性器，玛丽被一阵久违的快感所填满。发烧使她产生了臆想，她失去了意识，再也看不到归途。她不想再回来，期望永远置身于这个阴暗、没有边际的空间中，任凭疯狂保护着疯狂。

她独自走在伏尔泰大街上，从所有的情绪中解脱出来。秋天的阳光令人愉悦，密集地照在建筑物的墙面上。她在一个街角处停下来，花了好几分钟感受阳光的温暖。玛丽仰面朝向天空，突然感觉到下体一阵冰冷。她慢慢低下头。血顺着脖子一直流到了脚下，她的凉鞋淹没在血水里，身体被粘在人行道上。她无法移动。呼吸渐渐减缓、沉重。她辨认出远处有一张男人的脸。他独自一人，站在那里，看着她垂死挣扎，却无动于衷。是洛朗。远处，罗珊娜和爸爸妈妈在一起。他们站在一个阳台上，神色黯淡，冲着洛朗的方向呼喊，洛朗却完全听不见。只有玛丽能听懂。他们在向他说出真相。他们的话使她担忧，她站在那里，依然没有得到任何帮助。她没法逃脱，告诉洛朗一切都是谎言。洛朗竖着耳朵，然而，他们喊出的话都被消了音。只剩下一点点时间了。玛丽蜷缩着，被子里全是汗水，她想从丈夫的怀里挣脱出来。而洛朗还在抚摸她。不停地抚摸着。她抗争着，不想恢复意识，不想睁开眼睛，宁愿停留在想象的泥潭中。快感让她呻吟起来，掩饰了流过泪的痕迹。她喊出了声。高潮在最后一刻将她拉出了噩梦。

马蒂尔德不再过来找她。好几天以来,她似乎都在躲避玛丽。玛丽有几次试着和她交谈,但她总是找借口躲开。一个月前,马蒂尔德给她发了邮件,说她更愿意自己独立工作,不想再继续同她合作,马蒂尔德退出了最初由领导计划的二人合作组。"知识共享"失败了。玛丽和艾尔维谈论过这件事情。但艾尔维没能给她任何建议,他正忙于在离婚案中应对妻子的诉讼。上个月,他们共进晚餐的那个夜晚,很快变成了一场噩梦。他的妻子有了外遇,想要和那个男人结婚。这不是持续了没几天的一次艳遇,而是与他们的婚姻一直平行存在的出轨,八年来,和同一街区的一个邻居。妻子告诉他,他们的婚姻事实上只存在了几个月。那段时间之后,她就意识到自己不再爱他。在着手离婚之前,她希望能有一个他的孩子,以便获得一笔赡养费,并且,在重新找工作之前,还能继续享受几年舒适的物质生活。艾尔维曾经让人修建了一所大房子,费了很大心力,当他们搬进新家的时候,贝尔纳德是第一个欢迎他们入住的邻居。"我想到了所有人,除了贝尔纳德。我们星期天常常一起钓鱼,在树林里散步的时候,一起抓住从鸟窝里掉下来的小鸽子,一起和朋友们烤肉、庆祝生日、吃晚饭。然而,那个时候,他竟然在吻我的老婆。所有这些,最糟糕的是,我的亲生女儿,她全都知道,却什么都没有说。相反,她还替他们打掩护,这个小混蛋。"

玛丽不想用自己的事情打扰他。她甚至打算让洛朗为他辩护,确保艾尔维能在这起可怜的离婚案中获得全部财产。这将是他唯一的安慰。

午饭过后,玛丽收到了部门经理的邮件。她没有说明理由,只是让玛丽两点整去她办公室。玛丽决定带着所有相关文件过去,以备不时之需。她知道这几个星期自己的销售业绩很差。她可能会挨骂。玛丽深吸一口气,推开了办公室的门。马蒂尔德坐在经理对面。低着头,没有转身。"玛丽,请坐吧。"经理的口气很生硬,气氛有点压抑。这间办公室没有窗户,这一点让玛丽很讨厌。唯一接近自然光的光源来自房间一侧的热带植物培养缸。玛丽转身注视着马蒂尔德,想从她的眼神中寻找到答案,了解她为什么也会出现在这里。然而,马蒂尔德一直低着头。

经理先对玛丽说:"显然,你们俩的团队存在问题。我们很快解决一下,过几分钟,我还要见客户。你们以后不用在一起工作了,因为马蒂尔德控诉您在精神和身体上对她造成了骚扰。她几天前来找我,向我抱怨您在银行违背她的意愿试图亲近她,甚至通过邮件,以及在私生活场合对她进行过骚扰。坦白地说,还有一个星期这个季度的销售排名就要结束了,我实在没有时间解决你们这类问题。最好通知人力资源部,让他们来负责,一经证实,立刻交给工会。目前,为了我们支行,以及整个团队的平衡,我要求你们不要有任何接触。我会把不同的客户交给你们,资料完全不一样,这样,你们就不需要任何沟通了,在此期间,我们会找到一个可行的解决方案。那么,你们还有没有别的建议?"

玛丽惊呆了。她一言不发,眼睛盯着地板上的一点。她本应该辩解,但是她没能发出任何声音。马蒂尔德一动不动,镇定地坐在椅子上。玛丽回过神来,试图理解发生了什么:"骚扰?这么说合适吗?我这辈子谁都没有骚扰过,从来没有!"面对马蒂尔德的沉默,玛丽突然从椅子上站起来,抓住她的一条胳膊,摇晃着。马蒂尔德试图挣脱,以保护自己。经理大声呵斥,让她们立刻停下来,否则她就呼叫保安将她们分开。马蒂尔德将玛丽推到了那个热带植物培养缸的玻璃板上。一根小棕榈树枝从壁板上掉下来。玛丽失去了平衡。"你在复印机旁边强吻了我！你还跟踪我回家,脱下我的衣服,让我躺在床上,在我和男友分手的时候,你利用我的软弱接近我！你再骚扰我一次,哪怕只有一次,我就去报警！你听好了。哪怕只有一次,我也会把你送进监狱！"

经理让马蒂尔德立刻离开她的办公室,她扶着玛丽,帮她站起来。玛丽抓住她的衣袖,攥住袖子的一角,最后看了她一眼,向她请求说:"你知道的。我什么都没做。她在撒谎。"

人力资源部建议玛丽停职两周,直到有其他支行接纳马蒂尔德。玛丽能够保住这份工作,唯一的原因在于她的资历。她不敢告诉洛朗真正的原因。她并没有生病,也没有抑郁。她只是说她需要休息几天,以逃避上司对她糟糕的销售业绩提出指责。就像从前那样,洛朗相信了他的妻子。现在,托马斯在她的生活中几乎不占什么分量了。她背着丈夫和日托中心签订了新的合约。他们可以帮她照顾托马斯,一直到晚上八点半。有时候,下班之后,玛丽也不想接儿子,她想让他继续待在那里。有必要的话,她可以整晚整晚地把他留在那里。洛朗问妻子这两个星期是否愿意照看孩子。他本以为这样做能够使她振作一些。玛丽淡淡地回答说不愿意。她想一个人享受这个假期。洛朗没有坚持。罗珊娜给玛丽发了十几条信息。要求她立刻向洛朗坦白。玛丽一条也没有回复。在没有任何具体的解决方案之前,她不想仓促行事。

玛丽一个人待在公寓里,试图想明白整件事情。从她第一次遇见马蒂尔德,一直到今天为止。面对这个年轻女孩的控诉,人力资源部的经理表现得非常认真,玛丽多多少少有些被迫地同意让她进入自己的工作邮箱,接着,还去看了银行聘请的心理医生。心理医生针对发生在工作领域和私生活领域的各种骚扰,让玛丽说出自己的想法,接着,让她回忆了在整个事件中所有能使她遭到质疑的细节。一切在她看来都很荒谬。马蒂尔德只是想取代她的位置。她也被强暴了,这才是她诬告玛丽骚扰她的导火索。

日子一天天过去,没什么改变。早上到点起床,晚上到点睡觉。生活永远如此,按部就班,什么都不曾改变。人们最终会想明白其他人的逻辑。玛丽意识到她属于一个庞大的企业,她个人一直致力于维持这个系统的运转,而现在这个系统却开始背叛她。休完产假之后,玛丽无法独立完成工作,她需要一个合作伙伴,一个复制品,需要另一个玛丽,更加年轻、更加漂亮的玛丽,能够处理所有的文件,会使用所有她不会使用的软件。她是一个母亲。一个一无是处的仆人。只剩下腹部。子宫。很久以来,她就不再是女人了。坐在沙发上,面对着大开的窗户,玛丽想不出还有什么理由能让她活下去,抑或存在其他的生活方式。她深爱的街区已经荒芜,变得死寂。就像外省那些无人经过的小路。就像那些没有尽头的路，没有转弯，没有岔道，没有任何逃脱的可能，也没有其他的路可以走。在这些区域里，人们很清楚，一切都被规划好了，无论发生什么，只能沿着这条路线走下去，没有任何绕过去的可能，况且，通常什么也不会发生。玛丽现在成了那种什么都不想的人。她的生活痛苦不堪，举步维艰，但是就这样吧。此刻，除了恨，她什么也感受不到了。

"我在信箱里发现了这封信。什么意思?银行要求你去做心理鉴定?"机器出了故障,突然之间,没来由地把所有寄到家里的信件资料都投给了洛朗。她没有慌张。她保持着镇静,轻描淡写地回答说只是例行公事,他们的工作涉及公共健康领域,事务烦琐,需要接受常规检查。玛丽斟酌着措辞,假装在引用别人的话。洛朗不再坚持,只是提醒妻子,她完全有权利以"医学隐私"的名义拒绝这种检查。玛丽很想笑,但她还是皱起眉头,握紧拳头,以便不流露出任何笑意。医学隐私,她比任何人都理解这个词。她亲吻了丈夫,结束了这段对话,让他保证,在没征得允许的情况下,不要再打开她的信件。有银行标志的信,肯定是寄给她的,最好要分清楚。

每到周一,玛丽总是有种错觉,以为自己刚刚度假回来,马上要回去上班。在回银行之前,她还是把小托马斯放在日托中心。在她休假期间,洛朗的妈妈坚持要照看孩子一周。玛丽使保育员们相信这段时间她在独立带孩子。她不知道自己为什么要撒谎。但是撒谎对她有好处,让她感觉如释重负。玛丽从来没有勇气诚实面对,她喜欢在真相被一些微小的细节泄露之前,撒点小谎。使谎言合情合理是一件复杂的事。绝对不能出错。

日托中心新来的经理向玛丽自我介绍:"我是布里吉特·雷纳特。今天上午我想跟您谈谈。您有时间过来喝杯咖啡吗?五分钟就好。"这个身材肥胖的女人不肯放开玛丽的手,眼睛直直地盯着她。玛丽觉得自己别无选择,答应跟她过去。与其他妈妈不同,玛丽每次都只走到入口处,从来不往里面走。她总是坐在沙发上,等着日托中心的某个保育员在约定的时间把托马斯抱走。她们提议过好多次,建议她去日托中心内部参观一下,可以去游戏室里看看她的儿子。然而,她不能那么做。这里的气味会唤起她太多糟糕的回忆:产科织物上消毒水的味道,热牛奶的味道,抗菌塑料软底鞋摩擦地面的声音。走廊里,百余张儿童画张贴在墙面上,就像那些宣传公共健康的海报,关于疫苗接种,以及新生儿感染流感的危险。大幅的图片被粘贴在门口,呈现出雏菊,或小熊的形状。玛丽知道整个日托中心的人都热衷于谈论她,还有她不称职的母亲形象。她听得见他们在小声议论她,传播着流言蜚语。她也看得见他们一张张假笑的面孔。

日托中心的经理在她的办公室里为玛丽准备了一杯咖啡。玛丽坐在椅子上,就像即将在年度好妈妈的比赛中开始一段演讲。热咖啡的温度刚刚好。布里吉特·雷纳特是个严肃的女人,身材粗壮,特别肥胖。但是,仅仅在聊了几分钟之后,全都垮掉了。她强大的外表完全被内心的软弱打败了。她的假笑过于明显,两只手放在办公桌上,可笑地交叉在一起,眼角生着皱纹,脸上的肥肉一直堆到了眼睑。这个女人没有什么难以捉摸的。她并不聪明,更谈不上狡猾。面对玛丽,她甚至不知道怎么反驳。"真的很抱歉,但是,有点复杂,我每天只有早上才在办公室,处理各种问题。我只是希望认识您,了解一下小托马斯的生活环境。看看您是否有额外的要求和需要,您是否对我们感到满意。有的妈妈说您在这里感觉不太舒服……我想说的是,您不要害怕进入日托中心,您知道的……我们乐于为您服务……"

玛丽打断了她,回答说自己非常忙,每天晚上来到这里的时候,她没有时间趴在托马斯的游戏垫上,或者对他把球形的玩具放进方形的洞里而感到生气。她的丈夫是个大律师,夜以继日地忙于工作。她独自一人照顾托马斯,给他洗澡,喂饭,哄他睡觉。经理一直在听,假装很理解她。她表达得并不清楚,最糟糕的,大概就是让这个年轻妈妈感到了一种真诚的体谅,而事实上,对于玛丽的表现,她发自内心地充满了鄙视。玛丽的语气生硬,甚至咄咄逼人,经理于是缩短了这次谈话的时间,把她送到了门口。她再次感谢玛丽能够抽出时间,同时,她还表示如果玛丽有需要的话,她随时可以帮忙。玛丽微笑着表示赞同。经理推开了门,接着,又改变了主意。"哦,现在可以去看托马斯吗?"有人回答说,没问题,托马斯已经在活动室了。她又错了。

到了这个地步,玛丽知道,很多事情需要解决了。先是她的妈妈,然后是妹妹、马蒂尔德、日托中心,很快就轮到洛朗了。谎言再次将她封闭起来。她感到绝望,不知所措,每一根神经纤维都充斥着紧张感。最终,她感受到一种刺激,存在于循规蹈矩的生活之外。

玛丽意识到不再和丈夫做爱并不是一件好事。尽管有些困难,她还是决定付出必要的努力,让丈夫相信一切皆有可能。玛丽注视着洛朗,慢慢为他手淫,但他依然无法勃起。软绵绵的阴茎缩在大腿之间,令她感到反胃。洛朗每次都会做出男人们最普遍的反应,这一招在任何时候都能奏效,就是引起伴侣的同情和怜悯。女人在这样的情况下总是容易产生罪恶感,成为牺牲品。坐在床的另一侧,双手握紧,放在太阳穴上,低着头,发出绝望的叹息声,在这样的桥段中,每个环节都不会遗漏。"我觉得,我太忙了。这个案件快把我逼疯了。等事情过去之后,我们就去度假。一家三口,一起远离这一切。"玛丽离开了丈夫的胸膛,晚上睡觉之前,她总喜欢把头靠在那里。她知道几个星期以来洛朗一直承受着巨大的压力。在审理庞斯案件期间,他的律所收到了二十多封恐吓信,其中有十几封信都是直接针对他的。有人用装满牛脑花的包裹警告他,下一次装的就是他自己的脑浆了,还有好多包裹,装着猪脚,好多盒子,装满了人造舌头。

然而,玛丽的直觉告诉她,这不仅仅是工作上的挫折带来的疲惫。一段时间以来,她感觉到他们之间存在"别的女人"。情妇、婊子、贱人、烂货,这样一个女人足以打击、破坏,甚至搞垮一段不牢靠的夫妻关系。通常,气味能够出卖男人的不忠。洛朗很快就睡着了。玛丽仔细嗅着丈夫的身体,贴近他的锁骨,观察他的头发,还有放在枕头上的双手,将自己的双唇靠近他的双唇去感受他的气息。一切仅仅存在于她的想象中。她突然感到自己被洛朗愚弄了。他和朱莉娅一起欺骗了她,而他,同时也在欺骗朱莉娅。每个人都在自己的能力范围之内隐藏着自己的秘密。玛丽转向了床的另一侧。她的阴道痛苦地收缩着,盆骨轻轻地从左到右晃动着。她的丈夫曾经很喜欢让她在性生活的时候自慰。事实上,他只喜欢玛丽在他面前自慰。而玛丽完全没有任何意愿在性交的时候这么做。每次都是丈夫握着她的手,她才有勇气刺激自己的忭器。在她看来,青春期的时候,她还是个处女,那时她的性行为要比在婚姻中更独立一些。就像所有同龄的女孩一样,洗澡的时候,她也有这样的习惯:打开淋浴的喷头,用水流冲击自己的私处,一连好几分钟。水流太弱的时候,她会把手放在上面,增加压力,使水流更有力。不需要任何帮助,她就能长时间地体验高潮的快感。一旦走出这个私密的空间,女人的性生活,即使尚未经历过丰富的性行为,很快也会变得复杂起来。在男女之间的性行为产生过强烈的快感之后,人会产生更高的期望值,这时,快感若是无法实现,就是一种令人沮丧的结果。第一次,以及此后的很多次,她都意识到,阴茎的插入并不能使她得到和国王森林的淋浴喷头一样多的满足,对玛丽而言,这种感觉是真正令人失望。男性的性行为并不能保障女人的快感,没什么新意,不怎么激烈,不止一次地让她体验到失望,婚姻中的如此,那次强暴亦是如此。或许对于她的施暴者,她曾经产生过某种形式的同情。他在性行为中蓄意对无辜的女性施加暴力,拒绝陷入婚姻强加给他的刻板的性生活。当时,他的阴茎很坚挺。比她任何时候在自己身上感受过的丈夫的阴茎更加坚挺。她还记得她的腹部,她的腰部,都曾经感受过强烈的刺激。玛丽有时候会后悔,没能和那个男人保持一致,没能感受到当时的痛感所带来的快感,一个进攻,一个投降。她本应该成为另一种存在,而不是一个受害者,他也将变成另一个男人,而不是刽子手。这个晚上,她的头脑中闪过了很多模糊的思考,不道德的想法,甚至是肮脏的念头,荒唐的解释,以及各种可能性。大街上,汽车飞快地开过。轮胎一刻不停地行驶在柏油马路上。今晚,她为自己感到骄傲,她在每一次冲动中感受到自己身体的震颤,躺在她身边的,是另一个自己。

　　小托马斯生病了。这个孩子的身体不怎么结实。他再也无法忍受妈妈对自己不闻不问了。玛丽不得不陪他待在家里。她为此甚至牺牲了这个月中唯一一个休息日。孩子已经在小床上哭喊了好几分钟。玛丽把自己关在房间,不想听见他的声音。她总是一次性做很多事,比如在喂奶的时候给他量体温。这样,她就可以省略一些步骤,减少在他身上花费的时间。
　　玛丽躺在床上,想起了她的手机。她很确定昨晚把它放在了床头柜上。她没有任何理由感到慌张。在妹妹了解真相之后,她就把电脑上那封写给洛朗的信删除了,她还更改了密码,删掉了所有和罗珊娜往来的相关邮件。走廊里的哭声越来越大了。一股强烈的屎尿味在客厅里蔓延开来。玛丽从儿子面前走过,却完全看不见他的存在,执拗地想要找到自己的手机。最后,她看见手机放在门口的玄关上。她从来不会把手机放在这个地方。她清楚地记得自己在睡觉之前还查看过邮件。洛朗在搜寻着什么,他在窥视她,试着找出一些蛛丝马迹,现在,他已经开始将自己的怀疑付诸行动了。孩子还在不停地哭。玛丽终于决定给她换尿裤,喂奶。对她来说,没有什么比看见儿子喝奶更让她反胃了。那种反酸的味道,无论热的还是温的,一样让她感到恶心。从儿子出生起,她连一滴牛奶都没有喝过。托马斯狼吞虎咽地喝着奶,从昨晚开始,他就没有吃过东西。

疏忽的情况时有发生。玛丽就像普通妈妈那样,照顾了托马斯好多天,建立起日常生活的惯例。但是,接下来的一个星期,她开始让他挨饿,让他待在自己的屎尿中,她会突然涌起一种念头,想让托马斯吃掉自己的粪便,或者一下子把他扔出窗外。想到可以让他最终从自己的生活中完全消失,玛丽感到兴奋和满足。她有些游移不定,想要保持足够的精力,以维持她的谎言,同时,又疲惫不堪,想要尽快结束这一切。

在被强暴之后,玛丽一直认为自己是唯一的受害者,是这场假面舞会的受害者,整个世界认定了成为母亲是非同一般的经历,丰富而美好。她便是这种诱惑之下的牺牲品。怀孕期间,她从来没有为儿子而斗争,相反,尽管身体虚弱,她一直没有放弃和儿子做斗争。分娩的时候,她也无法完全放弃自己的身体。对她来说,自己死去让儿子出生,这是无法想象的。当她深陷生育的痛苦,看到新生儿出生的时候,她就打算让他用自己的一生付出代价。如果那时候只能有一个人活下去,她必定会选择她自己。

门禁声响起。玛丽在沙发上睡着了。孩子趴在她的腿上,嘴里咬着她的裤子。洛朗忘带钥匙了。而且,他回家比往常早。今晚,玛丽并不打算和他讨论手机的事情。她宁愿等一等,看看接下来的日子他的怀疑能发展到什么程度。

罗珊娜不打算让她安静，就像秃鹫面对自己的猎物。她在等着她体力不支。公寓里一声闷响，然而，被姐姐的声音掩盖了。"你到底想干什么？托马斯的真相？你确定他能承受！我恨你，我不明白你为什么不站在我这边！我的亲妹妹却背叛了我！"

　　争吵很激烈。地板的木头嘎吱作响。玛丽愤怒地大喊大叫，把电话的听筒朝墙上扔过去，接着，她又给妹妹打电话，向她道歉。一扇门在她身后关上了。玛丽痛哭流涕，请求罗珊娜不要告诉妈妈和洛朗，请求她理解自己的处境。她的声音变小了，言辞不再激烈。关门的声音再次悄悄响起。玛丽不再说话，将听筒远离了自己的耳朵。她慢慢走进过道，看看是否有人进入了公寓。午饭时间，洛朗有一个应酬。楼下的邻居应该还在翻修房子。

隐　痛

　　朱莉娅是个细心的同事。"八号文件在哪里？别告诉我你又把它落在家里了。"洛朗必须在午饭前开车回家一趟。他的妻子再也不提醒他带好文件了。他清楚地记得八号文件夹放在哪里：就在客厅的窗台上。他只有几分钟时间拿回它，然后，接着赶往布洛涅森林的一家餐厅，朱莉娅和他们的客户在那里等他。庞斯案件已经到了最后关头。这起广受媒体关注的离婚案，不仅能够保证他在律所的升迁，或许，还能够提高他在整个巴黎各个高级机构的知名度：政治的、媒体的、司法的。他回到公寓，听见了妻子在打电话。他在过道里刚刚走了几步，就感受到一种可怕的担忧，他的脚下仿佛感受到一场大地震即将来临的信号。玛丽撕心裂肺的喊声在公寓的每个角落响起。他慢慢靠近卧室。电话被扔在了墙上。沉默了几秒钟，接着，又响起了妻子的抽泣声，她试着和妹妹重新商议。透过门缝，他隐约看见她跪在床周围的白色地毯上。她说的每一句话都刺穿了他的心。他早上喝了咖啡，此刻，一种又苦又酸的味道涌向了他的喉咙，充满了他的上颚，一直冲上了鼻腔。他轻轻关上门，退回到楼梯间。下楼的时候，门房正在清扫楼梯，洛朗从背后撞到了他。他没有道歉。他已然找不到任何理由。关于一个男人和他的儿子，并没有太多可能存在的谎言。可是，

LE MALHEUR DU BAS

托马斯很像他。

车上的GPS已经开始运行,并且给他规划了路线。"现在前往大瀑布餐厅。"他完全听不见机器的声音,迷失在巴黎北部。很快,他又返回来。想先去日托中心看看儿子,但是今天,他们为孩子们安排了外出活动。玛丽总是在他上班前的最后一刻通知他具体细节。此刻,他的衬衫上全是酸臭的汗渍。衣服纤维粘在皮肤上,扎进了肉里。他的目光游离在布洛涅森林的小路上。他开始看不清路,愤怒灼烧着他的身体,就像经历了一次漫长而痛苦的电击。他的妻子怎么可能背叛他?他无法相信托马斯不是他的儿子。这是不可能的。就在上个星期,他还和妈妈一起看照片,比较了他和孩子的各种特征。他耷拉着脑袋,双手松开了方向盘,把车停在了人行道上。他从车里走出来,因为狂躁和恐惧而颤抖着。他这样一个辩护律师,专门负责处理各种悲剧和隐私,很讨厌在没有做好充分准备的时候就直面考验。他感觉到身体发软。于是靠在车门上,眼睛盯着远处绵延的树林。好几个散步的人远远地看着他,疑惑不解。手机在他的口袋里振动。是朱莉娅。他必须要拿着忘在家里的那份文件回到餐厅。所有人都到了,除了他。第二通电话打过来的时候,他依然无精打采,站在路边,他最终决定接听电话。他离得很近。只不过,进入树林的入口处发生了车祸。

隐 痛

他撒谎了,就像妻子那样。谎言是为了自我保护,为了不惹恼别人,为了更方便,更容易,为了和平与安宁,也为了有时间获得足够的勇气,有一天能说出真相。他的西装上到处都是呕吐物的污渍。幸好,汽车的后备厢里还有另外一套。

"哦,快看,托马斯,今天是爸爸!"和他的妻子不同,洛朗毫不犹豫地穿上蓝色的塑料拖鞋,走进了日托中心的游戏室。经理很高兴看到小托马斯年轻的爸爸。他们彼此交流,谈论着孩子的进步,他与其他人的关系,他的方向感,还有他在空间中定位的能力。玛丽每次把托马斯从日托中心接回家之后,都让他独自待在公寓。他一个人在整个地毯上,打滚,四仰八叉地躺着,在地板的靠垫上探险,没有任何保护地在客厅的家具之间探索,与此同时,他的妈妈在房间里读书,或者待在厨房里。

洛朗禁不住打量儿子。他绿色的大眼睛笑眯眯的,咧着粉红色的小嘴巴,小小的鼻子从左到右动来动去。他不那么确定了,怀疑压垮了他。难道孩子不是他的?他必须搞清楚这一点。洛朗是学法律的。他喜欢直面证据,那些确凿、有形、真实的证据。除了现实的生活,他想不出还有其他的生活。很多个晚上，他努力准备着好几百页的证词、财产清单、会议报告、名单、证据、通奸的照片，这些事情不会对他造成任何困扰。当他还处于青春期的时候，他就已经在自己的身上感受到一种力量。当他的同学们开始去夜店、喝酒、尝试各种毒品的时候，他就已经在担心后果了。这些厚重的界限代表了正义，说到底它们没有什么商量的余地，但它们能永远保证他的安逸，没有什么能动摇或者毁掉它们。对洛朗而言，唯有内心的战争能够使他感到失衡。虽然他在好几个案件中撒过谎，但这只是职业需要。

他放开了怀里的孩子。托马斯看看他，然后向外面转过头去。洛朗将最近发生的事情和从前发生的事情放在一起，重新组合，相互关联。他感觉自己接近了真相，接着，却又远离了。一些细节和另外的细节对不上。妻子在不同时刻的反应给日常生活中不同的场景蒙上了一层面纱，让一切变得扑朔迷离，模棱两可。现在和过往交织着。但是他没法建立可能的联系。陷入了这种想法，他不再像开始那样绝望。

玛丽利用晚上的空闲去做了头发。"不喜欢吗？你什么都没说呢。"洛朗确定地说，发型很成功，他适当地克制着自己的恭维。他还没有勇气付诸行动。准备先搞清楚妻子的行为再做出决定。

玛丽今晚打算做意大利面。所有的新鲜蔬菜都放在橱柜的台面上。结婚以前，在他们的老房子里，洛朗和玛丽喜欢一起做饭。他们互相挤在一起，两个人做一盘菜，然后，配上一瓶上好的红酒，一起品尝，充满了柔情蜜意。也正是这些理由促使洛朗相信他的妻子。然而，回忆一去不返，激情已被掩埋，承诺已被遗忘。在这个家里，空气变得窒息，只剩下彼此间的怀疑。随着最初的争吵，什么东西被打破了。爱情清新而愉悦。相爱的男人和女人，每天都会做好多次爱，他们许下承诺，永远相爱。后来，出于愤怒，或者意见不合，他们有了第一次激烈的争吵。慢慢地，冲动的天性，以及各种缺点和错误使两个人都伤痕累累。接着，情人们连吵架的精力都没有了，他们不再做爱，彼此尽量远离。玛丽和洛朗也是如此。洛朗怀疑他的妻子，玛丽憎恨自己的丈夫，当她拼命地掩盖出现在他们生活中的悲剧时，他却什么都不明白。今晚，托马斯和他们一起坐在桌边。洛朗坚持说，吃饭的时候，孩子应该和他们坐在一起。于是，所有人都齐了。这时，门禁响了。"别管了，肯定又是快递员，或者哪个邻居忘带钥匙了。"洛朗没有反驳。几分钟之后，门铃响了。洛朗站起身来去开门。

透过餐厅精致的墙壁，玛丽认出了妹妹的声音。她气喘吁吁地站在门口，洛朗邀请她一起吃饭，她接受了洛朗的好意。随着罗珊娜在走廊的地板上一步步走过来，玛丽用手指揉皱了一张纸巾。今晚,她的妹妹不请自来。罗珊娜走到了厨房门口。当着洛朗的面,玛丽虚伪地挤出一个笑容。通常,洛朗会立刻吃完饭走开,好让两个女人聊些悄悄话,但是,昨天听到的那段对话太让他震惊了,以至于他忍不住想留下来看着她们。或许,对他来说,这次突然的拜访是一个最终了解真相的机会。

玛丽先打开了话题,她说起了自己为父亲准备的生日礼物。罗珊娜明显神色慌张。她很想立刻都说出来。她可以面对面告诉洛朗姐姐所做的事情。但她没有勇气这么做。玛丽的眼神使她丧失了力量。那种眼神来自一个感觉自己受到纠缠的女人,她讲述着自己买礼物的经历,恐吓与暴力渗透在其中。洛朗不动声色地观察着她。他爱着他的妻子。在这个喧哗的地方,他不可能找到破绽。他已然用光了力气,成了一个被怀疑压垮的丈夫。

洛朗离开了餐桌。玛丽努力掩饰着,不让自己流露出满意的神色。有时候,对于亲人的缺点,她认识得并不充分。罗珊娜其实永远也不会对她的姐夫说出真相。她不敢。至于洛朗,他仍然被他的感情控制着。他什么也不会做。孩子也帮不上任何忙。他的身体只有那一次暴露问题的机会。在那之后,玛丽一直关注着儿子的卫生问题,她闭着眼睛给他裹上褪褓,或者心不在焉地把他放进浴盆。当她独自面对妹妹的时候,她终于没那么害怕自己会被打败了。在某些情况下,失败的一方喜欢强化事态将来的发展。罗珊娜就是这样做的。"我过来只是来告诉你,我觉得你说得对。这是你的事情。不过,你最好保持着你的良知,而且不要指望我来帮助你圆谎。就这样。"她的妹妹只对孩子和洛朗抱有同情。玛丽暗自想,在被强暴之后,她选择了保持沉默,这个决定很好。她的妹妹甚至没有询问过施暴者的身份。甚至没有一秒钟直接向她提出有关性侵的问题。她的妈妈也没有提出过任何问题。当她发现自己的女儿深陷在各种污物之中时,她甚至没有向她寻求过任何解释。事实已经足够了。结果显而易见,无法挽回。出于谨慎,每个人都选择了沉默。在现实的层面,强暴已经消失了。苦难和忧郁却始终存在着,暴力变得喑哑,改变了方向,以一种或另一种方式被重置,仅仅在表面隐去了痕迹。所有人将重新出发。

保罗感到疑惑："亲子鉴定？你确定你想这么做？做完之后，你就没有回头路可以走了。"洛朗很坚定。他不会反悔。他向保罗解释了自己对妻子的怀疑，从托马斯出生起，她的种种行为都表现得很反常，最近，他发现她每天都在各种琐事上向他撒谎。保罗很吃惊。他暗暗想，归根结底，人们永远无法真正了解在一段亲密关系中究竟发生了什么。对抗、骚动、不忠、与子女的关系，所有这些元素，被掩饰、被美化、被缓和，披上了温情的面纱，掩盖了彼此之间的痛苦。

前一天晚上，洛朗无法入睡。他躺在妻子身旁，床对他来说，就像一个深渊，深沉、凝重。他陷入了对某些事情的思考，那些事情，他完全理不清头绪，他试着摆脱困境，挣扎着想要搞清楚，回忆起种种过往。他和妻子带着小托马斯在乌尔克运河边散步。他记起来，他看到了驳船上的游客们，他们在船上来回走动，几个朋友愉快地干杯畅饮，河水碧绿，风平浪静，露天咖啡座上挤满了人，在伏尔加格勒圆形咖啡厅的脚下，沐浴着阳光。接着，画面停顿下来。一片宁静，一直延伸到视线的尽头。一阵潮湿的热气涌过来，包裹住他。他看见了远处的妻子。她站得笔直，不紧不慢地用一只手推着托马斯的婴儿车。他们离水面很近。她慢慢地从前往后来回推动婴儿车。车轮擦过石板路的边缘。妻子与儿子组成的这幅画面大概是悲剧发生之前留在他头脑中的最后一幅景象。在那之后，再没有他们在一起的画面留在他的记忆里。婴儿车距离落入运河的污水中仅仅几厘米远。洛朗感觉到自己心跳加快，慢慢走向了玛丽。她察觉到他在身后，转过身来。眼睛里带着哀悼的神色。她就是想那么做，她已经做好准备付诸实践。他们继续在堤岸上散步。洛朗回忆起那天下午，所有微小的细节，此刻在他看来，就像巨大的蓝色油彩斑点，落在妻子罪恶的面孔上。

保罗告诉他亲子鉴定的流程。这不难操作。有很多网站给顾客提供成套的用品，通过邮局寄送，但是洛朗更愿意求助于保罗，以便确保不会出现意外情况。玛丽会毫不知情，而他，可以获得朋友的帮助，确定托马斯是不是他的亲生儿子。

两个男人忧伤地分开了。保罗为洛朗感到难过。他知道婚外情可能会带来何等惨重的打击。结婚几年之后，在一次值夜班时，他遇见了医院里的一名护士。他们在单位里频繁见面,甚至在工作的地方疯狂做爱,每天晚上,保罗回到家,在工作上和情感上都获得了强烈的、充分的满足感。但是最终,护士想要的更多。更多的约会,更多的结伴外出,更多的共进晚餐,更多的共度周末。她不断发短信给保罗,羞辱他,威胁他,发出最后通牒,向他表达爱意。索菲亚最终知道了一切。保罗恳求她原谅自己,发誓再也不会发生同样的事情。索菲亚原谅了保罗。她甚至与那个绝望的年轻姑娘见面,要求她不要再继续骚扰自己的丈夫。

面对男人的不忠,女人通常在耻辱中苦苦隐忍。洛朗也曾经受到朱莉娅的诱惑。有天晚上下班之后,她邀请他去家里再喝最后一杯,庆祝庞斯案件的进展。洛朗犹豫了。他立刻开始在他即将要做的事情中感受到精神上的折磨,他开始权衡利弊,判断好坏的程度。他拒绝了她。他渴望着这一切,但是后果太严重了。他想避免和玛丽产生矛盾,想舒服地待在自己家里,家人们的身边,不想冒一丝一毫的风险,失去这一切。

洛朗已经习惯了每晚去日托中心接托马斯回家。玛丽很高兴自己在下班之后有了更多的时间。今晚,她决定和索菲娅去看电影,享受一下难得的清静。对洛朗来说,这是个行动的好机会。保罗给他带来一个小箱子,里面装着所有做亲子鉴定的必需品:一双乳胶手套,四根长棉签,两个塑料管,一个透明袋子里面装着使用说明书。托马斯很安静。洛朗看着后视镜里的儿子。他犹豫了。即使托马斯不是他的亲生儿子,他也会爱托马斯,把托马斯当作自己的孩子。一个司机朝他按喇叭。洛朗回过神。他很快回到公寓,把儿子放在卫生间。然后,撕开了包装。托马斯来回扭动脖子。他拒绝张嘴,洛朗只能把棉签塞进他的嘴里。洛朗看见了镜子里的自己。两只手戴着手套,小心翼翼地将两根长棉签,插进了取样器中,然后,将袋子密封好。他希望托马斯永远也不要想起这一幕。希望孩子能够将脑海中所有的疑虑都忘得干干净净。在玛丽回来之前,他还有时间直接把测试样本交到保罗的诊室。他不想冒任何不必要的风险把它留在家里。保罗告诉他大概需要三天时间。结果出来以后,医院会通知他。

　　洛朗松了一口气。他终于成功地坚持到最后一刻。只有他的儿子能使他对自己的决定感到犹豫。然而,孩子似乎仅仅用一个眼神,就向他表示了赞同。

今天，玛丽的父亲过生日。就像往年一样，全家人都聚在国王森林一起庆祝。伊莱娜将餐桌装饰得分外奢华，她准备好可口的饭菜，还有一个大蛋糕，是她提前两周在甜品店预订好的。

罗珊娜自从上次突然出现在玛丽的公寓之后，就再也没有和她的姐姐说过话。她们的妈妈以为这只是发生在姐妹俩之间的一次普通的争吵，关于孩子，或者关于工作。玛丽每次经过的时候，罗珊娜都垂下眼睛。

洛朗让托马斯自己站着，让他在沙发上跳。今天，他想在悲剧发生之前保持愉快。如果测试的结果不尽如人意，未来，他不敢设想。一个没有玛丽的未来。没有儿子，没有国王森林这个友爱、温暖的家庭。不值一提的未来。他将独自一人，在律所周围晃悠，将自己淹没在工作和忧伤中，他会找不到方向，成为一个一无所有的男人。在夫妻之间，洛朗从来都不想分得太清楚。日常生活，大部分情况下，意味着各种无害的小矛盾，比如牙膏盖没有盖上，手纸用光了没有重新放好，这些事情他不会计较。真正可怕的是，夫妻之间的彼此熟悉所带来的舒适感已经成了习惯。失去了这些习惯，他必定迷失。或许，他可以不把真相告诉妻子。

玛丽端来两盘蛋黄酱清煮蛋，妈妈把它们摆放成了梅花的形状。这顿饭还有好多好多菜。通常，一个女人肯花这么久的时间独自做饭一定不是特别幸福的女人，在大多数情况下，这只是一种忘却的方式。玛丽不再挑起战争。她坐在妹妹和妹夫的对面，她觉得自己最终赢得了胜利。一切都圆满地回到了原来的位置上。伊莱娜让大家在餐桌旁就座。罗珊娜特意坐在了离玛丽最远的座位上。

洛朗感觉到自己很受关注。"来，洛朗，说说你的案件！进行得怎么样了？"在洛朗看来，这些天来，媒体对庞斯案件的关注有点太过头了。这不过是个离婚案。"是的，但是还涉及一个女孩的强奸案。"一阵沉默，大家都不说话了。罗珊娜忍不住开口。比她平时的说话声音要大一些。玛丽坐在桌子的另一边，笑着看向她，脸上带着责备的神情。她深深地讨厌妹妹。她不明白妹妹曾经那么爱她，那么善解人意，为什么现在这么热衷于给她带来伤害。她需要新鲜空气。她请大家原谅，接着，离开了餐桌。

　　当她还是个少女的时候,她总是花费整个下午的时间在冬天的花园里读书、做白日梦。她从不抱怨,但有时候,作为没有什么特殊经历的人,她也会感受到一些沉重的负担。她没有遭受过任何痛苦,没有任何家庭问题,任何物质上或情感上的问题。不需要面对疾病或死亡。她就在一个健康、和睦的家庭中成长,这个家庭带给她的价值观,她也会传递给自己的孩子。在遭遇强暴之前,她没有经历过任何挫折。现在,她知道一个女人在经历过痛苦和堕落,饥饿和死亡,以及日复一日的仇恨和暴力之后,很有可能会改变自己的行为方式。她本应该有勇气揭露这样的行径,有勇气逃跑和流产。而不是掩饰一切,躲在表象之后。这样的结论让玛丽感到恶心。洛朗回来晚的时候,玛丽可能会上网看看论坛。一些记录女性经受暴力、强奸和性侵的网站每天都会更新。玛丽从来没有加入这些女人,参与她们的谈话。即使是匿名的,她也没能做到。她们中有一些女人,抚养着被强暴之后生育的孩子。她们就此谈论着。有时候,孩子甚至可以自由地去看望父亲,并没有任何评论改变他们父子见面的性质。人们尽量使这种情况看起来正常一些,以此使事情不那么沉重。玛丽或许也可以谈一谈。但是,结果可能是毁灭性的,对于她和洛朗,对于她的家庭和工作。她可能会失去一切。她的上司是个强奸犯,但也是个细心、敏感的丈夫,专心教育两个女儿的父亲,在银行,还是一个销售业绩出色的区域负责人。那天,她下车的时候,他曾威胁说,一旦她说出来,他就会毁了她的夫妻生活和工作。然而,有一天,孩子会说出来的。玛丽会把整件事情告诉托马斯。凶手一定不会受到惩罚。但事情会就此了结。突然,玛丽回过神儿来。桌子上有一部手机在振动。刚刚大家都在走廊里,在这张桌子上喝了开胃酒。她认出来是丈夫的手机。被落在了桌子上。她走过去,拿起来,想给洛朗送过去。屏幕上显示出一条很长的信息。是一封邮件。玛丽没有密码,只能看到开头:"先生,2014 年 6 月 16 日您在皮提耶-萨尔佩特里尔医院实验室做的亲子鉴定,其结果可以于 2014 年 6 月 19 日星期四查询……"她的呼吸停止了。眼前的一切都扭曲变形了。她握着电话的那只手开始颤抖。玛丽最终把电话放在了桌子上。她惊呆了。他怎么会背着她做这样的鉴定?她想到了她的妹妹和妈妈。但她们不怎么值得怀疑。或许是她的上司。洛朗一定见过他了。他全都知道了。玛丽立刻拿起洛朗的电话。她试了好几个密码,还是没能成功,她打不开。她听见丈夫的笑声从远处传来。她悄悄走近餐厅。每一张面孔都那么熟悉,她盯着他们,寻找可疑的人。托马斯坐在餐椅上。就像往常那样,外婆给他一个牙胶,让他磨牙。洛朗在逗他玩耍,把牙胶从他嘴里拿出来,然后又温柔地还给他,再亲亲他的小脸。罗珊娜保持着沉默。妈妈在对她说话，但她充耳不闻。她的丈夫朱利安表现得对岳母讲的话很感兴趣，代替妻子回答岳母的问题。只有玛丽的父亲看起来很平静。在一家人的陪伴下，庆祝自己的七十岁生日。他没有什么可忧虑的。生活很平静，很安宁，也很私密。玛丽感受到一阵巨大的焦虑。洛朗很快就会知道真相了。他和罗珊娜不一样。对他来说，沉默绝对不是解决问题的方法。他会做出决定的。会塞给她几样东西，将她赶出家门，会通知她的家人、她的朋友，还有她的同事，到最后，她会被保罗的一个朋友强制关进一家精神病院。保罗。她差点忘了他。会不会是他在操纵这一切？会不会是洛朗把自己的反应和行为告诉保罗之后，让他产生了怀疑？她要给索菲娅打电话。明天。不，晚饭后。越快越好。

　　她的头脑混乱了。一下子失去了平衡。碰倒了放在窗台上的一个花瓶，花瓶在她脚下摔碎了。妈妈在远处叫着她的名字："玛丽，你还好吗？"她收集起掉在地上的小碎片。眼泪顺着脸颊流下来。妈妈立刻跑向了她。"快停下！停下来！我去找扫帚。你不要动，碎片太锋利了！"玛丽的身体微微向后仰了一下。洛朗远远地看着她，怀里还抱着托马斯。玛丽盯着他看了一会儿。疼痛使她转移了注意力，但她的视线没有离开丈夫。她很想求求他，让他停下来。大滴的鲜血滴在地板上。她的手掌从上到下都被划破了。玻璃碎片扎进了她的肉里，只有一小截露在外面。她的丈夫立刻把托马斯放在婴儿车上,跑向了玛丽。"你在干什么?来,快去消毒。"一条长长的血迹留在了客厅的白色地板砖上。在经过餐厅的时候,玛丽看见罗珊娜坐在餐桌旁。她还在吃自己的蛋糕。脸上似乎露出了一丝笑容。洛朗为她按压着伤口。他打开了卫生间所有的抽屉,想找些纱布。伊莱娜走过来问:"还好吗?要不要叫医生?伤口看起来很深。"洛朗回答说他能处理好。伊莱娜于是走出去继续清理回廊里的碎片。洛朗用一个镊子,小心翼翼地试探着,取出那些最大的玻璃碴儿。玛丽痛苦地喊出了声。洛朗会不会觉得这是她的报应呢?玛丽宁愿去吃玻璃,也不想再说话。她想碾碎所有这些锋利的亮片,大把地将它们按进身体里,让自己浑身沾满玻璃碎片。

　　洛朗不理会她的喊声。玛丽盯着他看了很久。他只是干脆利落地拔出所有闪光的小碎片。她的手就像一张展示肌肉组织的结构图。一百种可能性涌上了她神志不清的大脑。然而,他们两个都沉默着,选择了逃避。

　　最终,她问他:"今天的午餐怎么样?"接着,她低下了头。

玛丽身处夜晚之中，黑暗漫无边际。在洛朗了解真相之前，只剩下最后一天。每一种想法都成了煎熬。她想找到一个真正有效的解决方案。昨天，她花了整个晚上，在网络上的各种论坛里寻找了断的方法。然而，徒劳无获。她感到筋疲力尽。整个身体，除了疲惫与悲伤，什么都感觉不到了。每天都能看到孩子对她来说是最难以忍受的。她希望他能在自己的生命里消失。洛朗越来越疑神疑鬼。有天晚上，她撞见洛朗在自己的手机和大衣口袋里乱翻。他们都很小心，避免在公寓里碰面，尽可能地掩饰自己的尴尬。

　　银行里，玛丽已经不能再负责她的业务了，上一次，她被指控骚扰之后，同事们也不再理睬她了，她的人际关系已经坍塌。这一切都让她无法再继续忍受。她走出了银行，大街上到处都是推着婴儿车的女人，玩耍的孩子，还有牵着手的情侣。所有这些细节都让她感到厌恶，甚至恶心。焦虑折磨着她。只剩下一天了。唯一的一天。太短暂了。谎言无边无际，笼罩了她。一旦所有人都知道她被强暴过，她再也无法过上正常的生活。这么久以来她都不曾吐露只言片语，周围的人会对她指指点点、诽谤中伤，还会羞辱她。必须让这一切立刻消失：证据、事实、后果、情感，还有身体。是的，身体。她必须亲自了结这一切。没有人能代替她。露天咖啡座上坐满了人。玛丽按了按她的大腿、小腹和胸部。她在思考人体的结构，以及自己该以怎样的方式开始行动。她感觉到自己已经做好了准备，解决所有的问题。她已然深深地屈从于生活，不断地沉沦，再也无法复原。很久以前，所有的解决方法就已经用光了。在她走下那辆汽车的时候，她就感觉到自己已经丧失了一部分理智。她感到无能为力，没法让事情回到原来的样子，也没法重新把握生活的脉络，怀孕又终结了她的职业生涯。她的儿子托马斯进一步加速了她的沉沦。他每一次哭喊都应该被杀死，然而，她却什么都做不了，除了任凭愤怒积聚。只需要再过几个小时，她就能最终做出有效的决定了。

坐在玛丽旁边的一个女人肚子痛，抱怨说："我觉得我马上要到生理期了。每次都是这样。"她的朋友从包里拿出一个白红相间的小袋子，建议她吃点药缓解疼痛。她一下子撕开了袋子，把里面的东西倒进了自己的杯子。粉末在水中溶解开，在表面形成了一些白色的小气泡。女人很快就感觉好多了。托马斯会更好的。她微笑着,喝下一大口饮料,一种带颜色、味道奇怪的调制饮料,然后,重重地把杯子放在了桌子上。洛朗总是这样放杯子,一只手几乎握成了拳头。一切越来越清晰了。玛丽思考着他们一家三口的命运,不再与脑海中闪过的那些可怕的念头做斗争了。她对自己说,这样才是这个故事最符合逻辑的结局。

她再也不会回银行了。今天下午,玛丽借口自己身体不舒服,有点发烧,向经理请假。经理同意她回家休息。最后一次离开位于共和国广场的银行,玛丽深深地感受到一阵安慰。她在这里工作了好多年,但漫长的岁月从来没有给过她真正的归属感。她只是在自己的岗位上工作而已。她不再想这些了。再也没有将来了。各种计划,日复一日的焦虑,假期的安排,还有国王森林的午后,以及那些可能会发生的争吵,什么都不重要了。在一声长长的鸣响之后,地铁关上了门。车厢里散发着污物和尿液的味道。她已经感觉不到了。一个男人在站台的另一侧盯着玛丽。他不知道她要去哪里,几个小时之后会做些什么。他既不知道她的痛苦,也不了解她的快乐。她都预谋好了。

今天早上,玛丽很仔细地找到了保罗给她开过的好几张药方,那是托马斯出生之后,用来对抗压力和缓解疲惫的药物。两盒佐匹克隆用来保障睡眠,两盒溴西泮用来舒缓焦虑,这两种药搭配着一些药效更温和的药一起吃,不过那些温和的药物其实没什么效果。玛丽从来不喜欢这些药。通常,它们会使她进入一种极不舒服的状态,幸福感混合着深深的焦虑。她同时能感受到两种状态:一种是她的真实状态;另一种是抗焦虑的药物作用于抑郁症患者所带来的人工干预的效果。有三四张处方已经盖好了章,但还没有使用过,不过,很久以前它们就超过了期限。只需要几个小时,玛丽就能够通过一种修改软件,改写处方的日期。洛朗那时多少有些反对她吃这种药。她也没再坚持,只是把这些药方存放在自己的物品中,等待着或许有一天它们会派上用场。

十五区是一个特色不那么鲜明的区。没有人在布锡考特大街上散步。一走出地铁站,玛丽就朝菲利克斯弗尔大街走去。环境的改变让她有点动摇。但是,路边的第一家药房给了她很大的信心。药房很大,里面人很多。她没有遇到任何困难就拿到了药。高效的服务给雇员们带来了巨大的压力,没有人来得及注意处方的日期被修改过。他们只是告诉她服药的次数,以及药物如果和酒精混合服用会产生致命的后果,在这之后,两小盒抗焦虑的药物被仔仔细细地包装好,放进了一个小袋子里。接着,她又走到大街的另一边,走进了第二家药房。

得到了三盒安眠药。这是一次名副其实的买药之旅。没有一位药剂师注意过处方的日期。所有的处方她可以更新两次。当她再次登上地铁,坐在加座上时,手里拎着大概十盒不同种类的药。她在圣拉扎尔车站下车,朝一家大型的五金日杂用品店走去,那是她在网上找好的一家店。下午2点。巨大的商场里到处都是顾客,在货架之间走来走去。导购员们从商场的一边匆匆忙忙走到另一边。玛丽不想浪费时间。"您好!我需要汽车散热器的防冻剂。"左边第三个货架。她把商品放进了自己的购物筐。然后,用目光寻找着第二位导购员。一个金色头发的年轻人正在向一名顾客推销一套浴室用的塑料连接件。她等了一会儿,在他介绍完之后,向他询问:"您好!我需要一些老鼠药。"当她听见这几个字从自己的嘴里说出来的时候,她感受到一种兴奋和焦虑。年轻人打量了她一会儿。这几秒钟的沉默让玛丽感到眩晕。难道他知道自己的意图了?"是哪一种啮齿动物?您是住在别墅里吗?"这些问题吓到了她。到目前为止,她还没有遇见任何障碍。玛丽解释说,这不是给她自己买的,而是帮父母买的。他们住在外省的一个大房子里,最近发现阁楼上有十来只老鼠寄居在他们的物品中。导购员朝她笑笑,礼貌地表示理解,把她带到货架前,把商品拿给了她。他向她解释了误食这种老鼠药的危险性。玛丽热情地向他表示感谢,感谢他给出的所有意见,接着,走向了收银台。

隐 痛

现在是下午3点。玛丽松了一口气。她坐在桌子前,逐一拆开今天购买的物品。从现在起直到晚上,她要准备晚饭:主菜是意大利番茄牛肉饭,再做一个巧克力慕斯和苹果泥给托马斯。在洛朗回来之前,她有足够的时间准备好一切。现在,她已经感觉不到一丝一毫的焦虑了。昨晚,玛丽浏览了十几个网站,了解到每一种混合物产生的效果。她阅读了几百种毒药的配方。考虑到托马斯和她自己的体重,防冻剂和老鼠药是最有效。对于洛朗来说,任务要更艰巨一些。他个子更高,体重也更重。安眠药会立刻起作用,但是毒药需要更多的时间才能产生效果。玛丽认为,在食入几小时之内,医疗救助都不会到达,这样她就可以完成任务。

她从祖母那里继承了一个大理石材质的研磨碗。因为害怕损坏,她一直都舍不得用。每板药有十四片。还有好几盒药,她刚刚打开。安眠药,抗焦虑药,好几种抗变应性药,几滴防冻液和几粒老鼠药。碗里放满了糊状的粉末。玛丽为自己留了整整两板药,然后开始切菜,为了做番茄牛肉饭,她要把蔬菜都切成丁。这是一道微甜的菜,刚好适合稀释防冻液,以及混合在一起的各种药物,而不会引起洛朗的注意。托马斯很快就会死去。几勺苹果泥就够了。刀落在砧板上的声音响彻了整个房间。她独自一人,成了悲剧的中心,她知道自己做出了一个很好的决定。玛丽把妈妈的食谱放在面前,确保自己不会遗漏任何一个步骤。西红柿在平底锅里慢慢浓缩。铁质的炖锅是她特别喜欢用的,里面的黄油开始使肉块变得金黄。她并不想向世界索取什么。玛丽觉得这是她自己的错误,今天,她获得了一个机会,来纠正这个错误。很快,这个小家庭将不复存在。洛朗永远不必忍受真相的折磨。她也将获得重生,再没有人会对她品头论足。

番茄牛肉在上桌之前应该小火慢炖一个小时。玛丽去日托中心把托马斯接回了家。洛朗还没有到家。所有的混合物都准备好了。她只要按顺序操作即可。托马斯会第一个死去。胃里的那些混合物让他小小的身躯撑不过三分钟。玛丽知道，如果在丈夫吃饭前先给托马斯吃苹果泥的话，就会酿成大错。药物在洛朗的身上发作的时间最晚，他会立刻在儿子身上发现可疑的迹象。计划就会失败。因此，她先给托马斯准备了主菜，没有毒的鸡肉和菠菜。他不能吃得太多，否则吃甜点的时候他就不饿了。顺序已经排好，每个人的剂量也很清晰，在她的头脑中，一切都被计算好了，反复斟酌、定量。玛丽一直是个逻辑清晰的女人。每次展开一项计划的时候，她都会特别仔细地考虑到最微小的细节，在这些问题上，没有人会比她想得更周全。

洛朗打来电话，让她不要等自己吃饭，他有很多材料要看，很晚才能回家。玛丽一边掩饰自己的慌张，一边态度坚决地对丈夫说："听着，为了咱们一家三口，我花了好几个小时做饭。现在，这个时刻对我很重要。托马斯和我，有必要的话，我们会一直等到半夜。就这一次，拜托你早点回家……"玛丽知道说服洛朗最有效的方法就是如此：说他不顾家庭，激起他不能经常陪伴儿子的愧疚感，用妻子带着爱意为他精心烹饪的饭菜打动他。家庭是永恒的。

洛朗并没有完全对妻子说实话。他打算工作结束之后和朱莉娅出去喝酒。在收到实验室或者保罗的消息之前，他需要远离玛丽和托马斯，才能得到放松。三天以来，他对于测试结果深感焦虑，饱受折磨。他需要勇气才能回家，才能面对家人，等待作为男人和父亲的结局。保罗给他发过信息，告诉他，今天晚些时候，他会亲自去实验室，由他直接告诉洛朗最后的结果。洛朗松了一口气。他会早点回家，享受很可能是最后一刻的平静。

玛丽穿上了上一次过生日时洛朗送她的裙子。有一次，他们俩带着托马斯在奥斯曼大街散步，玛丽在一家大商场的橱窗里看见了它。那天天很冷。路上的汽车都盖着厚厚的雪，人行道上泥泞不堪，路人们行走艰难。她还记得拆开那个大大的礼物盒时，她快乐极了。他一直为她记着这条裙子。玛丽感到无法忍受，所有这些回忆，一旦遭遇可憎的真相，就会被消灭，会留下污点，会残破不堪。相比之下，死亡的念头更让她感到好受。这些药物和毒药混合在一起，会让他没有任何痛苦地一直睡下去。他再也不必触及真相。一次漫长、熟悉的睡眠，会让他忘记所有，置身在别处，在那里，他将远离所有真真切切的折磨。

18点30分，玛丽听见了开锁的声音。他做了一番努力。今天回得很早。打算全家人一起共进晚餐。还是一样的动作。钥匙放在了玄关上，门还开着，穿着鞋踩在地板上，大衣挂在右边的挂衣钩上，关门的时候，他唤着玛丽的名字，声音一直传到了厨房。他和她的最后一次。

"开饭啦！"

没完没了的一整天。保罗关上了诊室的门，想起来他最后一次和他最好的朋友洛朗之间的讨论。今晚，无论如何，将由他来通知洛朗亲子鉴定的结果。走廊里，所有的实习医生都还在小跑，胳膊下夹着病例。萨尔佩特里尔医院是为数不多的地方，永远灯火通明，二十四小时开放，每天都要接待好几千人。从医科学生到重症患者，从专家到普通的观察员，从医生到研究员，所有人员分散在校园内的几栋大楼里。保罗还记得自己刚刚开始工作的时候，花了好几个月的时间，才能够在妇科的不同楼层辨清方向。现在，医院对他来说，就像回家一样。为洛朗取结果的路，他闭着眼睛也能找到。"你好，居伊！请帮我找找89097034号测试的结果。"这位秘书的年龄在五十岁上下，在他的电脑上敲了几个字，以确定资料在哪里。它们不在这儿。科室决定把一部分实验室搬到附楼里，在妇科外面。保罗很生气。他不明白为什么医生总是最后一个才知道这些信息。

20点45分。保罗得走相反的那条路,先从楼里出来,再往西走,进入附楼。他知道洛朗在焦急地等待结果。他怪自己出发得太晚了,想给洛朗发一条信息。于是,他在口袋里翻了翻,却发现电话被落在了办公室。他在医院的楼道里加快了脚步,甚至没有和经过的同事们打招呼。最终,一名年轻女孩把一个信封交给了他,里面装着鉴定结果。他觉得自己没什么好担心的,就没有立刻打开信封。他打算先取回手机,然后尽快给洛朗打电话。

21点15分。走廊的钟表显示出准确的时间,几乎到秒。保罗已经汗流浃背。他焦急地想看到结果,感觉到心脏在胸腔中剧烈地跳动着,速度加快,血压升高,双手潮湿,仿佛冻结在信封上。终于,保罗回到了办公室,他立刻拿起了电话。洛朗给他打过两次电话,没有留言。一次是20点30分,另一次是20点45分。

保罗立刻在办公桌前坐下。打开了信封,展开了两页信纸。不用很久,他就能找到朋友的号码。洛朗和他经常打电话。他拨出了号码。响了很多声,没有人接听。保罗坚持打了三次。三次都没有人听。他决定留言:

"洛朗,我是保罗。听着,我拿到了结果。没有任何疑问,鉴定结果是99%。你是托马斯的亲生父亲。"

译后记

　　身为女人,注定会比男人承受更多身体上的痛苦,诸如生理期的种种不适,诸如生育之痛。下体的痛苦,往往不能言说。《隐痛》讲述的就是女人无法言说的痛苦。我其实更加偏爱小说法文原版的题目,直译过来为"下体之痛"。小说在译介到不同国家之后,各国的译者和编辑们不约而同都改变了原来的题目,毕竟"下体之痛"很容易让不了解情况的读者产生低俗的联想,甚至会引起生理上的排斥感。这个题目似乎太直接,太粗暴,太缺乏美感。然而,女人几乎整整一生都在经历各种原因引起的"下体之痛",从肉体到精神。

　　当然,《隐痛》中所讲述的痛苦远远比普通女人所体验的痛苦更加惨烈,更加刻骨铭心。玛丽是故事的女主角,上司突如其来的强暴成了她命运的分水岭,将她的人生一分为二。在遭遇强暴之前,她一帆风顺,面对生活,时时怀着感恩的心,纯良

隐 痛

而温暖;遭遇强暴之后,她的人生急转直下,生命的恶意在她面前蔓延开来,渐渐将她笼罩,让她再没有喘息的机会和逃脱的可能。最终,她决定在一家三口的晚饭中下毒,选择用极端的方式了结这一切。

痴迷于侦探小说的女作家在故事的一开始,就为《隐痛》奠定了惨烈、阴郁的基调:玛丽死了,她的儿子托马斯也死了,丈夫洛朗命悬一线,仅存些许生还的可能。作家在开篇已然表明了结局的不可逆转。然而,在着手翻译《隐痛》之后一遍又一遍的阅读中,我仍然忍不住希望自己之前的理解出了错,故事能在某个地方出现转机,或许,玛丽不曾遭遇过强暴,一直生活在粉红糖果般的世界里;或许,遭遇强暴的玛丽说出了真相,获得了丈夫和家人的抚慰,施暴者恶有恶报;或许,洛朗察觉到了玛丽的异常,将她从绝望的边缘拉了回来;又或者,玛丽的妹妹在得知真相之后,没有逼迫她向洛朗坦白,而是用坚定的爱支撑起了她的脆弱……故事似乎可以有一万种展开的方式,最终通向一个温暖的大结局,然而,事实上,我只能眼睁睁看着女主迷惘、挣扎,一次次自救,一次次沉沦,却无能为力。

玛丽想要自救。遗忘是她最先想到的方式。遭遇强暴的当晚,她第一时间销毁了所有和强暴相关的物品,抹去了身体上一切经受过暴力的痕迹。之后,她用笑容掩饰起仓皇,继续工作,继续去朋友家聚会,继续和丈夫做爱。她以为日子久了,回忆淡了,她就能假装一切都没有发生过。然而,怀孕使她的第一次自救宣告失败。从得知自己怀孕的那一刻起,玛丽就认定孩子是强暴的结果。于是,孩子的存在成了她无法销毁的证据,每时每刻都在提醒她,她曾遭受强暴。这时候的玛丽选择把无法言说的秘密装进一个盒子里,她把盒子放在最醒目的地方,期待着她爱的人能打开盒子,发现秘密。玛丽的家人似乎都察觉到了她的改变,却没有人愿意正视自己的直觉。他们每个人从玛丽的盒子旁边走过,时不时会望上一眼,却没有人愿意停下脚步,打开盒子。第一次产检的时候,玛丽以为自己的秘密会被妇科医生戳穿,她感到惶恐和释然。然而,产检结束了,她的盒子依然好端端的,无人问津。

怀孕之后的玛丽越来越感觉到孤立无援,渐渐走向了癫狂。她没有像文明社会的女人那样体面地处理掉这个孩子,而是试着用各种极端的方式来了结这件事情。她企图冲到马路上让自己被汽车碾压,试过从楼梯上摔下来,浑身血肉模糊,甚至试图用一把小刀,通过阴道直插进子宫,将胎盘搅碎……最终,孩子还是出生了。玛丽的家人隐隐意识到,这个母亲可能并不爱自己的孩子,这一次,每个人依然选择了回避。玛丽再一次一败涂地,于是,她毁掉了盒子,不再寄希望于任何人。

玛丽继续沉沦。当漫无边际的黑暗中偶尔透出些许亮光的时候,她便试着挣扎和自救。她做了种种努力,想要改变夫妻关系,让一切回到从前。然而,微光很快闪过,黑暗更加肆无忌惮,直到有一天,玛丽的妹妹罗珊娜无意中发现了她保存在电脑上的一个文件。那是玛丽独处时在安眠药和酒精的作用下写下的一封信,真实却污秽。意外的是,当罗珊娜了解到玛丽被强暴的真相之后,她对姐姐的伤痕只字不提,而是逼迫姐姐向洛朗说出事实。故事发展到这里,渐渐走向尾声,玛丽的秘密最终暴露了,然而,她深爱的家人只看到她的残忍,却看不到她伤痕累累。至此,事态急转直下,甚至于洛朗对她产生了误会,偷偷去做亲子鉴定。玛丽心灰意冷,她意识到自救的道路只剩下最后一条:毁灭。

作为一部性侵题材的小说,《隐痛》的特别之处,在于作品对于女性身份的探讨。女主玛丽在遭遇强暴之后,一边经历着内心的煎熬,一边跳出了原来的自我,以另一种视角,分别从妻子和母亲的角色出发,重新审视了女性的家庭生活,最终对于女性的身份得出了新的结论,完全不同于她遭遇强暴之前的认知。

小说对于玛丽妻子身份的构建是与玛丽的性体验相联系的,叙述中大量的性描写都是压抑的,读者阅读时,足以产生生理上的不适感。故事刚一开始,玛丽就被她的上司强暴了。施暴者疯狂发泄的欲望和受害者的屈辱与绝望混合在一起，扑面而来，冲击着读者的视觉和想象。描写并没有就此停下，作者继续用体液、呕吐物、排泄物和女主下体涌出的鲜血不断增强这种不适感。接着，在玛丽被强暴的第二天，作者再一次以同样冷漠、残酷的口吻描述了玛丽被迫接受与丈夫做爱的经过。至此，玛丽的欲望已死。性在小说中，始终伴随着征服与妥协，为故事增加了更多阴郁的效果。作者就像一位热爱探究真相的摄影师，舍弃了所有滤镜，甚至刻意避免光线对于视觉的修饰作用，让读者看到了一种真相：如果违背了女性的真实意愿，性行为本身，之于女人，几乎没有任何美感和幸福，有的只是肉体的痛苦和精神的折磨。玛丽也由此开始了反思，她回顾了少年时代懵懂的性意识，将那时的性体验与男女之间的性行为做了对比，发现即使在一段亲密关系中，女性的欲望仍旧不能得到充分满足。妻子的身份，并不能使女人获得身体和心理上的自由。

怀孕之后的玛丽濒临崩溃，她没有经过任何理性的思考就认定孩子是强奸的结果。在这种念头的支配下的玛丽，让我们看到了一个背离传统的母亲形象。生育的面纱，一层层被揭开。

在一代又一代人的膜拜和美化之后，生育披上了神话的外衣，怀孕和分娩的痛苦几乎被抹杀了。然而，真实的情况是，准妈妈们不仅承受着孕期的各种不适和疼痛，忍受着自己的体型越来越笨重,皮肤越来越糟糕,而且也承受着巨大的精神折磨,育儿的焦虑,以及生育潜在的危险带来的种种心理问题,几乎所有的孕妇都曾经思考过自己可能会面临的生死抉择。在现实的维度,女人拥有生育的权利,却并不真正拥有放弃生育的权利。即使在现代社会,人们也常常对拒绝生育的女人冠以恶名。分娩之后,女人成为母亲,这种道德评价更加严苛,任何不能牺牲自己照顾孩子的女人,都面临被孤立、被视为异类的危险。玛丽没法爱上自己的孩子,她感到整个世界都在与她为敌。披着神话外衣的母亲身份最终成了枷锁,阻断了她的幸福。

此外,小说还通过玛丽在职场上的遭遇,探讨了女性的社会角色,在经历了怀孕和分娩之后,女人们艰难负重,随时可能被淘汰出局。在我们所谓的文明社会里,女性的社会地位看似高高在上,然而,真正的男女平等,无论在家庭的维度,还是在社会的维度,都远远没有实现。

玛丽死了,作为受害者,也作为刽子手。她的痛苦,之所以不能言说,在于整个社会对待强奸的态度。玛丽害怕说出真相后,每个人会改变投向她的目光,害怕对方的怜悯,更害怕对方的怀疑,甚至误解。特别是当案情涉及下属与上司时,除了死亡,大概没有更好的方式能证明自己的无辜了。从某种程度上说,强奸是一个社会的暴行,一种畸形的贞洁观,并没有因为社会不断变得文明而有多大的改观,道德的进化远远落后于科学的进步。正因为如此,我尤其要建议《隐痛》的读者在阅读的过程中,尽量不要加入任何道德批判。作为局外人,我们很难理解玛丽的癫狂与罪行。的确,清醒的人可以找到无数种方式活下去,更不会伤害别人。我们同样无法理解洛朗,在一段如此亲密的关系中,对于妻子的改变,他竟然能够无动于衷。我们也不能理解玛丽的妈妈,她亲眼看见自己的女儿在污浊中生活,磕着安眠药神志不清,却可以不闻不问。还有玛丽的妹妹,得知自己的姐姐被强暴,却没有表现出些许的心疼,而是一味要求姐姐去坦白。小说中的很多人,一不小心,都能被扣上"刽子手"的帽子。然而,这绝对不是我们在阅读《隐痛》时应该持有的态度。我感到十分有必要提醒每一位读者:故事的受害者很多,刽子手却只有一个,就是施暴者。

玛丽原本善良、纯净的心灵在经历过这一切之后,已然扭曲,她企图杀死自己的亲人,认定了这是让他们免受真相折磨唯一的方式。洛朗、伊莱娜深深地爱着玛丽,给予她空间和自由,是他们能想到的最好的方式。至于罗珊娜,谁又能保证在真实世界里,当我们身处她的境地时,会比她做得更好?毕竟那个自己信任的人,其实一直在撒谎,甚至无数次计划谋杀自己的孩子。事情总是错综复杂,人们从善良的动机出发,却往往走上

隐　痛

了完全相反的道路,作为看客的我们又怎么能轻易下结论呢?

　　道德本身大抵是无害的,道德评价却是可以杀人的。因此,我忍不住一再提醒《隐痛》的读者,玛丽已经因为种种预设的或现实存在的道德评价走向了癫狂和毁灭,我们为什么不悬崖勒马,放过"罗珊娜们"呢?永远不要忘了,真正的刽子手只有一个。

　　在阅读《房思琪的初恋乐园》时,我在评论中看到了"幸存者"这个词,那一瞬间,我感到眩晕。毕竟,在潜意识里,我们都习惯于屏蔽掉生命中暗藏的种种恶意,用"岁月静好"这样的念头来麻痹自己,以为那些天灾人祸只存在于别人的口中。比如玛丽,当她意识到自己即将被强暴时,她的脑海中闪过了一些电视画面,画面中的女人们正向人们讲述自己遭遇性侵的经历。就在那一刻,角色发生了转换,她成了"她们"。当"他者"的命运加诸"自我"的身上时,对"他者"无关痛痒的同情,变成了"自我"深深的伤痛。与此同时,作为读者的我忍不住将玛丽的遭遇投射到每一个女人的人生中,于是,我意识到,"幸存者"这个词其实可以指涉世界上的每一个人,而它之于女性,似乎显得更加沉重。

　　在现实的世界里,所有脆弱的人都可能成为某一次自然灾害的牺牲品,可能会深陷某一场突如其来的火灾,也可能成为某个反人类的个人或组织随机捕杀的猎物……然而，作为女人，还不仅如此。相对于男性而言，女性面临着更多遭遇性侵，甚至强暴的危险。2017年，发端于好莱坞的Metoo运动，让人们前所未有地关注到这个领域，成千上万的女性不再沉默，面对世界勇敢地说出了自己的伤痛。事实证明，无论是在经济相对落后、女性地位低下的不发达国家，还是在文明程度和现代化程度都达到相当高度的国家，女性受到性骚扰和性侵犯的数据同样令人触目惊心。

不得不说，每一个没有出生在印度或中东的女人，都是幸运的；每一个平安走过少女时代，没有变成"房思琪"的女人都是幸运的。然而，即使可以躲过歧视和战乱，躲过"李国华"那样的衣冠禽兽，作为成年女性，每个女人依然有成为玛丽的可能。在男权盛行的时代，每一个不曾遭受凌辱的女人都是幸存者。

随着时间的流逝，我们最终会与生命中的大多数痛苦和解，然而，遭受性侵的痛苦，是另一码事。房思琪便是如此，她的青春，还没来得及绽放，就枯萎了。玛丽也是如此，怀着美好的心愿，以为会遗忘，却发现痛苦与日俱增。

原来，这世间，有一些悲伤，就像多米诺骨牌。

焦君怡
2019年6月